CHIVOS EXPIATORIOS

CARMELO MATEO PÉREZ

CHIVOS EXPIATORIOS
1ª edición, 2ª impresión 2013
(Edición bajo demanda)

Dibujo y diseño de portada: Carmelo Mateo Pérez
ISBN: 978-84-616-5408-6
Depósito legal: Z-1.140-2013

carmeikelmateo@gmail.com

Impreso en España

ÍNDICE

A Rogelio, a quien debo este libro.
A mi madre.
A Anselmo, por la parte que le toca.
A Merche. A Alejandro, mi hijo.

ADVERTENCIA:
Condenados, defensores y acusadores, parientes, policías, jueces y fiscales; representantes del clero, víctimas, verdugos, y en general, todos los personajes —con sus respectivos nombres— que concurren en este libro son ficticios, exceptuando las figuras más representativas del Gobierno —Casa Real y presidente— en el tiempo en que se desarrolla la acción. Por otra parte, los nombres de las calles de la *Inmortal Ciudad* han sido elegidos arbitrariamente. Atribúyase, pues, a la casualidad —o al mal tino del autor— cualquier coincidencia con la realidad.

«Los pobres son los más y tienen la razón y la fuerza de su parte. ¿Qué necesitan para vencer? Sólo quererla».

Fermín Salvochea, *«El desarme».*

«Entre los anarquistas y la sociedad, entre los hombres del mañana y los hombres de hoy, hay declarada una lucha tenaz. Sufriremos, mas venceremos: el tiempo es nuestro».

Juan Montseny, *«Defensa del terrorismo».*

«No perdamos, pues, el tiempo pidiendo a un dios imaginario lo que únicamente puede procurarnos el trabajo humano».

Francisco Ferrer, *«la escuela moderna».*

PRIMERA PARTE

1

Cementerio de Torrero.
14 de noviembre de 1987. Sábado, 10:00h.

El cierzo azotaba los cipreses combando sus esbeltos cuerpos que amenazaban con quebrarse a cada embestida. Las piñas caídas rodaban por el cemento, empujadas por el viento. Acababa de escampar la fugaz tormenta que minutos antes había descargado con violencia, recia y sesgada a causa del fuerte temporal, obligando a buscar refugio a las pocas almas que allí se encontraban. El olor a lluvia, mezclado con el fuerte aroma de los árboles disimulaba el hedor a muerto que el viento solía propagar habitualmente.

El granito de la grisácea lápida reflejó la imagen difuminada del rostro del anciano, flexionadas sus rodillas e inclinado hacia delante. El hombre escrutó la escueta leyenda grabada en la piedra. No aparecía en ella guarismo alguno —tan sólo el apellido familiar de los que allí reposaban—, no obstante, Samuel Entrena supo que estaba ante la tumba correcta. Sus ojos centellearon; brotaron de ellos algunas lágrimas que rápidamente descendieron serpenteando por su ajado rostro. Sorprendido, se incorporó lentamente, apoyando las manos sobre el húmedo ladrillo de la pared. Rebuscó en los bolsillos del pantalón; sacó un pañuelo, que se llevó al rostro con manos temblorosas, secando sus ojos por debajo de las gafas. Hizo memoria sobre cuándo fue la última vez que había llorado: no lo recordaba, a pesar de que había pasado por momentos muy duros en su azarosa vida: verbigracia, aquel verano de 1927, cuando, tras ser declarado en rebeldía por la ley, y en situación de búsqueda y captura por los delitos de atraco a mano armada y homicidio tuvo que salir huyendo del país para evitar ser ajusticiado.

Observó detenidamente la lápida; la frotó con el pañuelo, de arriba a abajo, maquinalmente, mientras a su mente acudían lacerantes recuerdos:

«No tuviste tú tanta suerte, Ansaldo —evocó—, y bien caro lo pagaste, junto a los compañeros Ignacio y Emeterio. ¿Dónde acabaron aquellos sueños de juventud?... Los míos, lejos de España, a miles de kilómetros durante cincuenta años. Los vuestros… estrangulados en el cadalso a los veintitantos años. ¿Para qué tanto anarquismo?…, ¿tanta CNT?... ¡Ay, Ansaldo! ¡Si tú vieras! Después del dictador, que duró lo que tú vaticinaste minutos antes de ser agarrotado, llegó al país un vendaval de aire fresco en forma de república, que al final se quedó en un suspiro. ¡Tendrías que haber visto la cara de los Borbones al abandonar España con destino a París! Parecía que al fin íbamos a levantar cabeza, pero… ¡Lo que vino después!... ¿Te acuerdas de aquel militar gallego, bajito y con bigote? ¿El que alardeaba de ser el general más joven en Europa, sólo superado por Bonaparte, y del que se rumoreaba que llegaba a nuestra ciudad para ocupar el puesto de director en la Academia General Militar? Pues el muy ladino, receloso de los vientos izquierdistas se adelantó a todos con una rebelión militar, instalándose en el poder durante cuarenta años, si contamos los tres de guerra civil en los que los españoles nos matamos como perros. ¡Aquella sí fue una dictadura, compañero!... Afortunadamente, a mí me pilló lejos. En Méjico, concretamente. Al menos, de algo me sirvió huir después de lo nuestro… Así pude salvar el pellejo. Hoy se cumplen exactamente sesenta años de vuestra muerte. Desde entonces vivo una vida prestada. Ya me queda poco camino por andar. Gracias por haberme permitido vivir todo este tiempo. ¡Hasta pronto!».

Guardando el pañuelo en el bolsillo, comenzó a caminar. Por un momento se detuvo. Miró hacia el cielo, recordando. Sus labios mascullaron, temblorosos:

—¡Maldito día!...

2

9 de julio de 1927. Sábado, 7:30h.

Samuel Entrena alzó al máximo el pesado picaporte y descargó con violencia dos golpes sobre su pedestal. Recién había amanecido y no se veía ni un alma en aquel callejón mal llamado calle de las Danzas. Al poco, se oyó el chirriar de la cerradura de un balcón del segundo piso. Las dos hojas se abrieron lo justo para que asomara la cabeza de una joven que miraba hacia la calle.

—¡Eh! ¡Sofía! ¡Aquí!... ¿Está tu hermano por ahí?

Sofía era una de las hermanas mayores de la numerosa familia de Ansaldo; una guapa joven de unos veinte años aproximadamente, con unos grandes ojos verdes, una preciosa nariz, fina y algo respingona… y un carácter de mil demonios. Cuando fijó su vista en Samuel lo fulminó con la mirada.

—¡No ha de estar a estas horas, membrillo! ¡Venga, deja de armar jaleo, que vas a despertar a todo el barrio! ¡Ahora le aviso!

La falleba del balcón volvió a chirriar, al tiempo que las puertas se cerraban con estrépito. Mientras tanto, Samuel, todavía sorprendido por el rapapolvo, apoyó la suela del zapato en la parte baja de la pared, mientras recostaba la espalda con tiento, para no rozarse la americana, que no le estorbaba a esa hora de la mañana. Pese a estar bien entrado el mes de julio, aún no apretaba el calor, y a esa altura del día todavía refrescaba. Samuel era alto, de complexión delgada y algo cargado de espalda; ojos garzos y pequeños, cabello rubio, lacio y algo largo para lo que se estilaba por aquel entonces. Algunos le apodaban «el Conejo», alias que le venía como anillo al dedo, dado el tamaño y forma de sus dientes superiores, un tanto salientes, que intentaba disimular bajo un espeso bigote. A pesar de sus veintidós años recién cumplidos, su militancia «ceenetista» se extendía desde un lustro atrás, por lo que gozaba de gran predicamento dentro del anarquismo local.

Rebuscó en la americana hasta hallar un arrugado paquete de tabaco y un chisquero. Limpió de saliva la comisura de su boca con un dedo, para evitar con ello mojar el papel, y sostuvo el cigarro con los labios; giró el chisque con la palma y lo prendió, aspirando fuertemente. Una espesa voluta de humo ascendió rápidamente. En aquel momento, el ruido de unos rápidos pasos, cada vez más aparentes, le hicieron levantar la vista. Del portal de enfrente vio aparecer la figura de Ansaldo Bernad. Cruzaron, como forma de saludo, los dos puños por encima de sus cabezas —al más puro estilo anarquista—, y tomaron la calle abajo, en dirección a la plaza del Pilar. Sus pasos eran rápidos; parecían tener prisa. Con intención de romper el hielo, Samuel bromeó:

—¡Vaya mal genio gasta tu hermanita!, ¿eh?

—¡Bah!—sonrió Ansaldo— Pues hoy la has pillado de buenas... El mismo carácter que mi padre. ¡De casta le viene al galgo!

—Pues, aunque guapa, difícil va a ser que le salga novio.

—En eso te equivocas—contestó Ansaldo—, pues ya festeja desde hace algún tiempo con Antonio, un pastor de Valmadrid.

—Con esos bríos, menos trabajo le daría a ese tal Antonio un rebaño de doscientas cabezas —bromeó Samuel— que tu hermana Sofía.

Ansaldo estaba en los veintitrés años, y aunque era de estatura más que aceptable —sobrepasaba el metro setenta y cinco—, al lado de Samuel casi parecía pequeño. El tipo iba bien arreglado: americana oscura, en contraste con la camisa blanca, cerrada hasta el cuello, y pantalón con perneras muy estrechas en la zona de los tobillos. La ropa, todavía en buen uso, la vestía impecablemente planchada: inmaculada. Resaltaba su cabello negro, corto pero abundante, algo ondulado y peinado hacia atrás; extraordinariamente brillante. Era bien parecido, moreno de tez, delgado y de músculos bien trabados.

Rodeando la basílica tomaron el polvoriento paseo del Ebro, en dirección al Coso Bajo. Hablaban con ritmo entrecortado, sin parar de andar. Sus rostros graves denotaban cierta tensión. A la altura del Puente de Piedras se detuvieron un momento. Apoyaron sus brazos sobre la ancha barandilla de cemento, a la altura del pozo de San Lázaro, de cara al río, mientras observaban distraídamente los pedregosos islotes que emergían en medio de su menguado cauce, a causa del estiaje propio de aquellas fechas. Sus aguas, a fuer de pugnar durante cientos de kilómetros con las terrosas riberas de su cuenca, bajaban teñidas del color del chocolate; se arremolinaban tenebrosas bajo los arcos del puente, la zona más profunda y peligrosa de aquel tramo.

—Espero que sean puntuales Ignacio y Emeterio—dijo Ansaldo—. No podemos permitirnos posponer «el golpe».

—Tampoco es aconsejable dejarnos ver demasiado pronto por los alrededores —argumentó Samuel—. Todos sabemos que siempre puede aparecer algún entrometido que tire por tierra nuestro plan. Recuerda que Emeterio lleva varios días reconociendo el terreno y no sería de extrañar que alguien hubiese reparado en él.

Ansaldo asintió con un movimiento de su cabeza. Él también había pensado lo mismo. De carácter altivo y un tanto impetuoso, daba la impresión de llevar la voz cantante dentro del grupo. Miró fijamente a Entrena mientras le decía:

—Recapitulemos: según nuestras averiguaciones, el cobrador de la fábrica de regaliz saldrá sobre las diez hacia el banco, donde cobrará en metálico no menos de cinco mil pesetas, o tal vez más, para pagar los jornales de los obreros. Calculamos que a las once o antes estará de vuelta. Nosotros dos nos situaremos a cincuenta metros de la puerta de la fábrica, esperándolo. Ignacio y Emeterio, cerca de la verja, nos cubrirán. El plan es sencillo: Tú lo abordas y le distraes con cualquier pretexto, y mientras lo sujetas yo le doy con la porra y le dejo fuera de combate. Nos apoderamos del dinero y emprendemos la fuga por la parte de atrás de la fábrica, salvando el río Huerva, zona propicia por si surgen complicaciones, ¿de acuerdo?

—Hasta ahí, perfecto. Pero sobre todo, ten cuidado al usar la porra, pues según Emeterio, el hombre ya está entrado en años; no lo vayas a desgraciar.

—Descuida, compañero —contestó Ansaldo—. Mejor así; menos resistencia opondrá. Espero que no lo escolte el vigilante de la fábrica, porque entonces —se palpó por debajo de la entrepierna, como si buscara algo— tendrá que «hablar» la «sindicalista».

—Por ahí no tengas cuidado, que el vigilante está bien amaestrado. Solamente sale para cuidar de ese *franchute* esquilmador que tiene por patrón —apostilló Samuel.

La «sindicalista» era expresión común para referirse a la pistola *Star,* modelo *1919*, muy usada por aquel entonces por los pistoleros anarquistas. Al ser un arma ligera y de tamaño reducido, éstos solían llevarla escondida en la parte interna de la pernera del pantalón, colgando de un cordel sujeto a la cintura, y al que accedían a través del bolsillo, previamente desfondado. Solamente habían de tirar de la cuerda y la pequeña pistola aparecía en su mano. De esta manera burlaban los cacheos policiales que algunas veces sufrían. Constaba de un cargador de entre ocho y nueve cartuchos y era bastante efectiva hasta una distancia no mayor de cincuenta metros.

Ansaldo se palpó el bolsillo de la americana en busca del reloj: marcaba las nueve y cuarto. Frunció el ceño al comprobar lo avanzado de la mañana. Debían ponerse en marcha enseguida para ultimar todos los detalles con Ignacio y Emeterio. Le preocupaba especialmente el primero. Últimamente lo había notado bastante nervioso, y no podían permitirse fallos. Tenía que ser un trabajo limpio: unos cuantos golpes y piernas para salir huyendo con el dinero. Y sin heridos. No quería acabar como los compañeros Ascaso y Durruti, que tuvieron que escapar apresuradamente, primero a Francia, y a Sudamérica después. Eso fue tras el atentado perpetrado por el almudevarense, junto a un tal Torres, contra el cardenal Soldevila, en el que Su Eminencia cayó acribillado a balazos. Fue un poco antes cuando tuvo la ocasión de conocerlos personalmente. Le causaron una grata impresión. Le pareció gente cercana. Y muy decididos, los dos. Quizás demasiado radicales, pero solidarios con la causa.

Retomaron, pues, el camino hacia el destino que les aguardaba aquella apacible mañana, lejos de imaginar la tragedia que se cernía sobre ellos.

3

9:00h.

Los dos jóvenes aparentaban charlar distraídamente mientras paseaban por las inmediaciones del Cuartel Militar de Sementales, ubicado al principio de la calle Asalto. Un grueso muro blanco de cal y canto circundaba el recinto. A aquellas horas de la mañana apenas se veía a nadie por la calle, exceptuando algunos coches de punto que se conducían precavidamente por el firme adoquinado, evitando los raíles del tranvía, causa de frecuentes accidentes.

Si alguien les hubiera observado atentamente quizás les habría notado cierta rigidez en sus ademanes y nerviosismo en sus palabras. Ignacio Páez era algo más bajo que su compañero Emeterio. Parecían algo mayores, pero los dos estaban en los veinticinco. Ignacio tenía la piel morena y el cabello castaño claro, recio e hirsuto. Ojos verdes muy pequeños, pestañas largas y rizadas, y nariz aguileña, aunque no muy prominente. Lucía bigote y barba pulcramente cortada. De constitución atlética, bajo la ropa se le adivinaba un torso poderoso, de espalda amplia. Un tipo que impresionaba a primera vista. Apenas llevaba un año de casado, pero ya había estrenado paternidad: una preciosa niña que a sus escasos tres meses ya casi estaba criada; tal era la lozanía de la pequeña.

Emeterio Molina, por el contrario, era un joven de carácter más templado, muy leído; aficionado impenitente a largar citas latinas a las primeras de cambio. Su cabello castaño siempre lo llevaba corto, casi al rape, y la amplitud de su frente, rasgo que detestaba, procuraba disimularlo con una visera que rara vez se quitaba. Su tez era ligeramente sonrosada, de la que sobresalían unos ojos grandes y claros, con una tonalidad que iba del verde al azul. A pesar de su juventud, en sus párpados inferiores destacaban dos visibles bolsas. Su nariz era más bien alargada, aunque correcta; la cara, estrecha y estirada; imberbe todavía. Una estrecha corbata gris pendía de su largo pescuezo —tan delgado que los cuellos de las camisas siempre le caían holgados—, del que resaltaba una nuez ostensiblemente picuda. Era muy delgado y de largos miembros.

Pasado el cuartel llegaron a las inmediaciones de una explanada con varias casuchas, casi lindantes con la blanca tapia del campo de futbol del equipo más representativo de la ciudad. Al lado de las humildes casas, casi chabolas, había una solitaria fuente de piedra y tres bancos de madera, vacíos, de espaldas al paseo y paralelos al mismo. Emeterio, sudoroso, se acercó a la fuente; se quitó la gorra y sumergió la cabeza bajo el chorro de agua. Bebió un buen buche y le cedió el puesto a Ignacio, quien apenas se refrescó los labios. Tras masajearse el corto pelo con los dedos, adelante y atrás a modo de rastrillo, Emeterio se encasquetó de nuevo la visera casi hasta los ojos, como acostumbraba. Ocuparon un banco. Ignacio miró el reloj:

—Las nueve y cuarto. Ansaldo y Samuel estarán al caer. Esperemos que a tiempo.

—Eso del tiempo es muy relativo —divagó Emeterio, transcendente—. Eso mismo se preguntaba San Agustín, cuando formuló aquello de:

«Quid est ergo tempus? Si nemo ex me quaerat, scio; si quarenti explicare velim, nescio...»

O lo que es lo mismo:

«¿Qué es, entonces, el tiempo? Si nadie me lo pregunta, lo

sé; pero si quiero explicarlo, entonces..., no lo sé».

—Ya tardaban en salir tus malditos latinajos —saltó Ignacio, con cierta guasa—. Dime, ¿cómo puedes estar tan tranquilo?

—Porque todavía no es tiempo para los nervios, Ignacio. Relájate y démosle tiempo al tiempo—respondió Emeterio, calmoso—. Mientras tanto, ¿por qué no les esperamos aquí, bonitamente sentados y por el mismo precio, viendo como juegan al fútbol esos zagales?

Y señaló con un dedo a un grupo de niños que se disponían a celebrar un partidillo.

—¡Me cago en *crista*! —Prorrumpió, con una de sus originales exclamaciones, Ignacio— ¡Que pachorra tienes, compañero! ¡En un día como hoy...!

Los chavales, con edades comprendidas entre los diez o doce años aproximadamente, acababan de improvisar una portería con la ayuda de varias piedras y las chaquetas de algunos de ellos. Cuando eran pocos —como era el caso— sólo usaban una portería: uno de ellos hacía las veces de portero y el resto se distribuía por parejas o por tríos, según era su número.

Apenas habían comenzado a jugar cuando la pelota ya había rebasado al portero por debajo de su cuerpo. Todavía con cierta fuerza, el gastado balón de badana llegó manso hasta donde estaban sentados los dos jóvenes. Rápidamente, Emeterio se incorporó para recibir la pelota con su pie izquierdo, elevándola, y tras dar una considerable cantidad de toques con ambas piernas, muslos, incluso con el hombro por dos veces, la atrapó con las dos manos. Mientras, el cancerbero ya se había llegado hasta él, para recuperar el balón:

—¿Me devuelve la pelota, señor?

—Desde luego, chaval —Emeterio apoyó el flácido balón en su pecho y lo comprimió con las dos manos, con la intención de comprobar su presión—. Deberíais hincharlo más o enseguida lo dejaréis «cuadrado» —le dijo.

Los demás críos, algo impacientes por seguir jugando, llamaron a su compañero:

—¡Vamos, Serafín! ¡Que es para hoy!

Ignacio, que conforme avanzaba la mañana crecía su nerviosismo, reprendió a Emeterio, que aún sostenía el balón entre sus manos:

—¡Venga, cojones! ¡Devuélveselo ya, hostia!

Emeterio le entregó el balón al chaval con un guiño. Serafín le devolvió una mirada limpia, con sus ojos redondos y negros; esbozó una tímida sonrisa y se despidió, mientras volvía corriendo con su pandilla:

—¡Adiós, señor!

Emeterio abrió la boca para devolver el saludo, cuando varias picarazas se posaron en el suelo a una distancia prudencial. Revolotearon cautas sobre los fragmentos de vidrio de una botella, esparcidos por el suelo, que brillaban a causa de la acción de los rayos del sol. Una de las aves se acercó inusualmente cerca de él, a saltitos. Su blanco pecho contrastaba con la negritud casi azul del resto de su plumaje. Sus ojos, llenos de pliegues, pequeños y oscuros como dos tizones parecieron fijarse en él. De repente, el ave comenzó a graznar desaforadamente: «¡No sigas!… ¡No sigas!...», creyó entender. Emeterio palideció. Además de supersticioso era tremendamente fatalista. Tras un momento de estupor, reaccionó:

—¡Adiós, Serafín! —contestó al niño, con un hilo de voz, mientras espantaba al córvido con un aspaviento.

4

9:40h.

Ansaldo y Samuel hicieron acto de presencia en el sitio convenido con algún retraso. A cierta distancia vieron a sus dos amigos sentados tranquilamente. Llegaron a su altura y se unieron a ellos discretamente. Sin apenas cruzar palabra, como tenían planeado, Ignacio se incorporó y se alejó de ellos en dirección a la fábrica. Previamente habían acordado que fuera él—pues también conocía físicamente al cobrador— quien vigilara sus movimientos. Llegó hasta la vieja verja pintada en negro, abierta de par en par, que reclamaba a gritos una mano de pintura. Mientras cruzaba echó un vistazo a su interior con gesto despreocupado para evitar levantar sospechas, pero sus ojos, habituados a la claridad del día se cegaron momentáneamente al contraste con la oscuridad del interior. Mantuvo fija la vista hasta que sus ojos se habituaron a la penumbra, y comenzó a ver de nuevo. Distinguió al fondo un camión de reparto cargado con sacos de arpillera, cerca de una nave adyacente, seguramente destinada como almacén. Pasó de largo aminorando el paso, sin perder de vista la puerta por la que saldría el cobrador. Siguió andando lentamente, con la intención de dar la vuelta algo más adelante; así, si el cobrador aparecía, forzosamente tendría que cruzarse con él. El recuerdo de sus padres, y sobre todo de su esposa, ignorantes por completo de sus andanzas, le apesadumbró por un instante. A un centenar de metros dio la vuelta y regresó sobre sus pasos. Casi estaba llegando a las inmediaciones de la fábrica cuando vio a dos hombres asomar por la puerta. Uno de ellos era el cobrador; el otro, con uniforme gris, gorra visera y armado con una porra al cinto, el vigilante de la fábrica. Se habían detenido en la entrada, charlando animadamente. Ignacio se sobresaltó. Cuando se planeó el atraco no habían descartado la posibilidad de que el vigilante acompañase al cobrador, pero era un problema añadido. En ese caso deberían actuar los cuatro en bloque. Y seguramente se verían obligados a «enseñar» las armas para amedrentarlos, algo que sólo tenían pensado hacer como último recurso. Si algo se torcía, querían evitar ser acusados de atraco a mano armada, delito severamente penado por la justicia. Suspiró aliviado cuando vio al vigilante meterse para adentro, mientras el otro hombre se ponía en movimiento. Ignacio lo estudió disimuladamente, a medida que se acercaba. Era un hombrecillo pequeño, de apariencia frágil. Aunque no demasiado viejo —probablemente superara a duras penas la cincuentena—, aparentaba algunos años más. Sus rasgos físicos eran bastante vulgares. De su rostro destacaba un labio inferior excesivamente grueso y colgante, y cierto prognatismo que le obligaba a ir con la boca entreabierta, alentando constantemente. Su escaso cabello, ralo y grisáceo, lo escondía bajo la boina, encasquetada hasta las orejas. Caminaba muy despacio, con paso corto a ras de tierra, rozando rítmicamente el piso con las suelas de los zapatos. «Al paso que lleva éste —se lamentó Ignacio—, le cierran el banco».

Se dirigió hacia sus compañeros, quienes seguían en el mismo lugar donde los había dejado. Les informó de que el plan seguía su curso, según lo previsto. Se agruparon por parejas, tal y como habían acordado.

—En este momento pasan de las diez —organizó Ansaldo, mientras miraba su reloj—. Ahora, nos quitamos de enmedio y a las diez y media cada pareja en su puesto. ¿Alguna pregunta?

Todos confirmaron con sendos movimientos de cabeza estar de acuerdo. Emeterio los miró, y sentenció:

—*«Alea iacta est...»*.

La suerte estaba echada.

5

10:15h.

El cajero iba contando el dinero mientras depositaba en un saquete de nailon una gran cantidad de monedas de cinco pesetas de plata, perfectamente envueltas en papel de estraza y en paquetes de a veinticinco.

—Veintidós, veintitrés y veinticuatro..., que a veinticinco duros cada uno hacen seiscientos. En total tres mil pesetas.

Anudó el saquete y lo retiró a un lado del mostrador, usando las dos manos. Abrió un cajón y comenzó a contar billetes de veinticinco, cincuenta y cien pesetas respectivamente, hasta sumar tres mil pesetas. Los metió en un sobre, que dejó junto al saquete.

—Tres mil en moneda y tres mil en papel, Benedicto —dijo el cajero, acercándole el dinero—. Por cierto, recuerdos de la casa para *Monsieur* Roland.

—¡Descuide, don Manuel! —respondió Benedicto Osorio, guardando el sobre del dinero en un bolsillo interior de la chaqueta. Volteó el pequeño saco por encima del hombro, mientras se dirigía hacia la salida—. ¡De su parte!

Roland De Tour, el patrón de Benedicto, era un empresario

parisino, afincado en la ciudad, que había adquirido una antigua fábrica de material de construcción, quebrada años atrás, destinándola a la elaboración y exportación del regaliz; planta muy abundante en el campo aragonés, de cuya raíz podía extraerse una sustancia dulce y aromatizante, muy apreciada en la industria farmacéutica. Esa misma raíz, cortada en palitos de unos diez centímetros, era muy popular entre los muchachos, que la compraban para masticarla machaconamente hasta extraer su dulce jugo, de verdoso color. En la fábrica recibían el tallo en bruto, y, después de un laborioso proceso de lavado, cortado y empaquetado, se distribuía por todo el país; incluso se exportaba al extranjero. Un pujante negocio que no cesaba de crecer.

Ya en la calle, Benedicto acomodó bien el saquete en su hombro izquierdo, asiéndolo fuertemente con su mano derecha. Con la izquierda se tanteó superficialmente el bolsillo interior de la chaqueta, buscando el fardo de billetes. Ahí iba seguro. Se le notaba confiado, acostumbrado como estaba a realizar esa misma operación casi todos los sábados desde hacía casi un año, justo cuando el anterior cobrador se jubiló. Él, que padecía artrosis lumbar severa, se apresuró a solicitar la vacante, que le fue concedida. Cobraba algo menos que antes, pero el trabajo era descansado. El puesto lo complementaba ayudando al personal de oficinas en tareas de correspondencia, o incluso como recadero; tarea muy de su agrado, sobre todo por las pingües propinas que a fin de mes le suponían un buen pellizco.

A medio camino se detuvo un instante. Pese a que el saquete no pesaba más allá del kilo y medio comenzaba a molestarle la posición fija de su brazo, y la tela del saco resbalaba lentamente de su mano sudorosa. El sol apretaba ya a esas horas de la mañana. En un primer momento pensó en quitarse la chaqueta, idea que rápidamente desechó. Prefería notar constantemente el contacto del sobre en su pecho; de esa manera tenía la seguridad de no extraviar las tres mil pesetas que iban en él. Cambió el bulto de hombro y reinició la marcha. Dejó atrás la iglesia de San Miguel y aligeró un tanto el paso para cruzar de acera en la calle Asalto, sin perder de vista el tranvía que se aproximaba peligrosamente. Ya en el lado del Huerva aflojó casi totalmente el paso. El esfuerzo, aunque breve, fue intenso: le dejó sin aliento. Poco a poco fue recuperando el ritmo normal en su respiración. A escasos cincuenta metros de la entrada a la fábrica se le acercó un joven con un cigarro en la mano. Le pidió fuego. Benedicto hizo un gesto de contrariedad, pero se detuvo. Con la mano libre buscó en el bolsillo del pantalón, de donde sacó una cajita de fósforos que le ofreció al desconocido. El hombre encendió el cigarro y le devolvió los mixtos con una sonrisa:

—¡Gracias, buen hombre!

Al bajar la cabeza para guardar los fósforos en el bolsillo, Benedicto percibió pasos a su espalda. De repente, el joven que tenía enfrente se abalanzó sobre él, aprisionándole fuertemente con los brazos. Intentó zafarse, pero el hombre le sujetaba vigorosamente contra su cuerpo. La diferencia de estatura era tan notable que su cara quedaba incrustada entre el pecho y el hombro de su agresor, y la fuerte presión le impedía respirar. Desesperadamente, Benedicto abrió la boca para intentar morder el brazo que le asfixiaba. Oyó un ruido seco, dentro de él, al tiempo que experimentaba un doloroso estallido en su cabeza. Sus rodillas cedieron, temblorosas, y su cuerpo se relajó de inmediato. Los dos golpes siguientes apenas los sintió sino lejanamente.

Samuel Entrena reclinó el cuerpo inerte de Benedicto suavemente, casi con mimo, como el padre que, con el hijo dormido entre sus brazos lo acuesta con cuidado para evitar que se despierte. El hombre quedó tendido en el suelo. Un reguero de saliva le descendía por la comisura de la boca. Ansaldo, con la porra de madera todavía entre sus manos apremiaba a su compañero:

—¡Rápido, Samuel, coge el dinero antes de que se acerque alguien!

El saco del dinero, fuertemente prendido de la mano del cobrador se resistió al primer intento de Samuel. Éste puso la suela del zapato sobre la muñeca y la pisó con un golpe seco. Los músculos de los dedos se expandieron como si fueran de goma. La mano soltó su presa. Samuel le arrebató el saco mientras Ansaldo procedía a registrar al caído. Palpó los bolsillos del pantalón en busca de la cartera, intuyendo un segundo botín. El viejo estaba tumbado de costado, sobre su lado izquierdo, de tal suerte que el bolsillo que contenía el sobre con el dinero permanecía oculto, aprisionado contra el suelo.

De repente, sucedió un imprevisto: una sirvienta —que en ese momento hizo aparición por la puerta de la fábrica— se percató de la escena. Asustada, pidió auxilio a grandes voces mientras volvía sobre sus pasos, dentro del recinto. Ignacio y Emeterio se acercaron rápidamente hasta donde estaban sus dos compañeros. Alertados por los gritos, varios hombres se personaron en el lugar: un sargento del ejército que se dirigía al depósito de Sementales, el vigilante de la fábrica y dos obreros que le secundaron. El sargento les dio el alto. Los asaltantes se vieron acosados por ambos flancos: el suboficial los hostigaba por detrás mientras los otros tres hombres les cerraban el paso a la altura de la fábrica. El momento era crítico; en breves momentos aquello se convertiría en un hervidero. Desentendiéndose del caído, Ansaldo se encaró con el militar blandiendo el palo; éste dudó un instante, momento que aprovechó Ansaldo para cruzar la ancha calle a gran velocidad, sorteando un tranvía que se hallaba detenido en una de las paradas. Una vez ganada la acera contraria, y tras comprobar que no era perseguido, normalizó el paso. Arrojó la porra disimuladamente al cruzar por un desmonte, se tanteó ligeramente las mangas de la americana y entró en una taberna próxima al lugar.

Entretanto, Samuel, con el botín en sus manos inició la huida, seguido de Emeterio, que había desenfundado un arma. Ignacio, empuñando la suya, les cubría la retirada. El sargento Adán Núñez, al ver a los dos hombres armados se detuvo, cauteloso. Desenfundar su pistola reglamentaria en esos momentos hubiera sido un suicidio. Pasaron frente a los tres hombres que les cerraban el paso. Temerosos, se hicieron a un lado, dirigiéndoles toda suerte de imprecaciones apenas les hubieron rebasado. Escasamente se habían alejado unos metros cuando a Samuel Entrena se le escurrió el saco, esparciéndose buena parte de las monedas. Mientras Emeterio le ayudaba a recogerlas, los perseguidores, a los que ya se habían unido algunos transeúntes, y arengados por Adán —ya con el arma en la mano—, se lanzaron en persecución de los tres hombres. Emeterio y Samuel reanudaron la huida dejando algunas monedas por recoger, desperdigadas por el suelo. Ignacio, algo más rezagado, efectuó dos disparos sobre sus perseguidores: el primero se perdió muy alto. El segundo levantó esquirlas de piedra delante de las botas de Adán, obligándole a parapetarse. Esto permitió a Ignacio ganar algo de terreno. Tras alcanzar a sus compinches cruzaron en grupo la explanada donde el grupo de muchachos seguía con su partidillo matinal. Cerca de ellos, Emeterio —con la voz entrecortada por el esfuerzo— aulló una orden que se tornó en súplica:

—¡Apartad, zagales!... ¡Quitad del medio y... no os mováis!... ¡Demonios!

Mientras se alejaba de ellos, sus ojos se fijaron en Serafín, que a un lado del grupo les observaba con una mezcla de estupor y curiosidad. Se dirigieron hacia el estadio de futbol. Se disponían a saltar la tapia del recinto por uno de los laterales cuando el conserje Florencio Gilaberte, alertado por el tumulto, corrió hasta ellos con intención de cerrarles el paso. Emeterio le disparó casi a bocajarro, volándole el sombrero. El conserje, milagrosamente indemne, se arrojó al suelo cubriéndose la cabeza con los brazos, suplicando perdón. Desentendiéndose del caído, Samuel lanzó el saco por encima de la valla, y apoyando un tablón en la pared se encaramó a ella y saltó dentro. Emeterio repitió la misma operación apresuradamente. Antes de descolgarse al interior advirtió a Ignacio de la cercanía de sus perseguidores. Éste se volvió hacia ellos, que ya estaban cerca del grupo de niños. Volvió a hacer fuego de nuevo. Disparó dos veces. Erró el primer disparo. En el segundo, apuntó detenidamente al pecho de Adán, que iba a la cabeza del piquete de hombres. El militar puso rodilla en tierra para ofrecer menor blanco; sujetó su pistola con las dos manos e hizo fuego. En medio de los dos, quieto, con el balón entre sus manos, sin entender nada, apareció de repente la figura de Serafín Movilla. Los dos disparos sonaron como truenos, prácticamente simultáneos. Pareció que nada había sucedido. De repente, el balón que Serafín sujetaba se escurrió de entre sus brazos y rebotó tres veces en el suelo. Tras el balón, Serafín dobló sus rodillas y se desplomó de espaldas. Una mancha oscura se extendió rápidamente en la camisa del chiquillo, cuatro dedos por debajo del cuello. Emeterio, desde la atalaya de la tapia lo presenció todo. Un escalofrío recorrió su cuerpo. Cerró los ojos, que sólo volvió a abrir cuando un empujón de Ignacio le sacó de su letargo. Ambos se descolgaron al mismo tiempo al interior del estadio.

6

10:40h.

Aunque el rostro de Ansaldo Bernad apenas reflejaba alteración cuando entró en la taberna, los latidos de su corazón martilleaban sus oídos insistentemente. El plan había fracasado desde el principio por culpa de ese maldito entrometido. Sus sentimientos eran una mezcla de susto y contrariedad, aunque todavía tenía la esperanza de que sus compañeros enderezaran el torcido. Con estos pensamientos pasó entre los parroquianos que a esas horas departían en la tasca. Las puertas cerradas amortiguaban el ruido de la calle. Afortunadamente, los ecos del tumulto no parecían haber llegado hasta allí. El establecimiento tenía forma de *ele* y contaba con dos puertas, una de las cuales iba a dar a Manuela Sancho, angosta calle paralela a la de Asalto. Esta circunstancia la conocía Ansaldo cuando entró, como no podía ser de otra manera. Lejos de convertirse en una ratonera, la taberna se le presentaba ideal como vía de escape. Ya se disponía a salir por la puerta de atrás cuando sonaron dos disparos, casi consecutivos. Los clientes se agolparon inmediatamente en la puerta principal. Algunos, los más curiosos, salieron afuera. Una vez en la calle, Ansaldo giró a la izquierda; apretó el paso, acongojado por el ruido de los disparos. La cosa pintaba mal. Tenían establecido de antemano no hacer uso de las armas sino como último recurso. Algo muy grave tenía que haber pasado, y la incertidumbre de no saber lo que estaba ocurriendo le mortificaba. Siguió calle arriba a toda prisa. Llegó a la confluencia con la del Heroísmo cuando, algo más amortiguado, le llegó el sonido de un nuevo disparo. ¡Otro! ¡Maldición! ¡Pero!, ¿qué estaba ocurriendo? Por un momento tuvo deseos de volver al lugar de los acontecimientos; idea que desechó inmediatamente. Pudiera ser reconocido por algún testigo, y con ello no conseguiría sino empeorar la situación. Además, tiempo le iba a sobrar para enterarse de lo sucedido. De cualquier modo, no era hombre que se arredrara fácilmente, y el temple había acudido a él de inmediato. De carácter exaltado, sus postulados anarquistas le hacían defender vehementemente la violencia en determinados casos, como buen revolucionario.

Embocó Heroísmo arriba, en dirección al Coso Bajo. Escasamente le quedaban cincuenta metros para llegar cuando sus oídos recibieron, lejanas pero todavía perceptibles, otras tres detonaciones, dos de ellas muy seguidas, que estallaron en su cerebro como sendos martillazos. Aquello ya fue demasiado. Una vía de desesperación se abrió paso por el agrietado casco de su resquebrajada entereza, imposible ya de achicar. Se detuvo un instante, y tras sentarse en el poyo de un portal, se llevó las manos a la cabeza, consternado.

7

10:50h.

El cuerpo de Serafín yacía en el suelo, malherido, mientras una gran mancha de sangre empapaba la árida tierra. Los perseguidores, que resoplaban sudorosos por el esfuerzo que les suponía el acoso a aquellos tres malhechores, se detuvieron en seco al ver desplomarse al muchacho. Tras enfundar su arma, Adán Núñez fue el primero en acercarse a él. Los demás le rodearon en silencio. Serafín, con la mirada asustada, quiso incorporarse para decir algo, pero un vómito de sangre salpicó las ropas del militar. Uno de los presentes —el vigilante, en concreto— se desató con todo tipo de blasfemias sin cuento contra los huidos. Adán, llevándose el índice a los labios le hizo enmudecer. La bala le había entrado por la parte alta del pecho, de través, rozando su hombro izquierdo. Ladeó suavemente al niño y le palpó la espalda en busca de algún orificio de salida: no lo había. Mala señal. Estaba perdiendo mucha sangre. Era preciso actuar pronto: Se quitó la camisa, hizo un ovillo con ella y taponó la herida. «Ponga las manos aquí, y presione fuerte —le dijo a uno de los presentes—, e intente evitar que pierda más sangre, mientras yo me acerco hasta el cuartel en busca de ayuda. Se incorporó y salió a la carrera.

El silencio era total, interrumpido a veces por el llanto a duras penas contenido de la sirvienta que había dado la voz de alarma al producirse el suceso. Los hombres habían ampliado el círculo para que corriera el aire en torno al herido. A pesar de que la espera se hacía interminable, apenas habrían pasado siete u ocho minutos cuando el sonido de una sirena les hizo dirigir sus miradas en dirección al cuartel. Al instante apareció una ambulancia militar a gran velocidad. Chirriaron sus ruedas al girar en medio de la calle para entrar en la explanada, donde estaba Serafín. Se trataba de un viejo Hispano-Suiza, al que se le había adaptado un cajón de madera con laterales listonados. En él venían, además del conductor y de Adán, un capitán-médico, que se apeó inmediatamente portando un maletín en sus manos.

El hombre que mantenía presionada la herida dejó al descubierto la herida, a requerimiento del capitán. Éste, tras un primer vistazo volvió a taponar rápidamente. Tomó el pulso del niño. Se giró hacia Adán, con quien comentó:

—Está muy débil. Ha perdido demasiada sangre, y la bala está alojada en mal sitio; entre los pulmones. En el cuartel no tenemos medios para tratar heridas de esta envergadura. Vamos a evacuarlo a la Casa de Socorro; no hay tiempo que perder.

—De acuerdo. Si no me necesita, yo me quedo aquí. Quizás tenga que prestar declaración —respondió Adán, escasamente marcial, a tenor de las circunstancias.

Sacaron la camilla, y con la ayuda del conductor y varios de los allí presentes elevaron el cuerpo de Serafín con sumo cuidado, a la vez que el médico colocaba la camilla debajo del herido. Mientras lo introducían en la ambulancia, una mujer, vestida con una raída bata de andar por casa y en zapatillas corrió hasta el vehículo, llorando. Gritaba, totalmente fuera de sí. Al parecer, los compañeros de juego de Serafín, al ver caer herido a su amigo corrieron a avisar a la familia. Entre unos y otros la interceptaron, impidiéndole llegar hasta su hijo, mientras la sirvienta la abrazaba cariñosamente:

—No llore más, mujer, que ya se lo llevan a curar. Ahora, cuando se tranquilice usted, nos vamos las dos a la Casa de Socorro, que está ahí mismo, en el Coso.

—Pero, ¿está vivo, mi hijo?, ¿vive aún, mi Serafín?... —suplicaba la mujer, desolada.

—Que sí, mujer. Ya verá que pronto lo tiene correteando por ahí.

Entretanto, el conductor aceleraba bruscamente al salir de la tierra. Las ruedas patinaron, produciéndose una inmensa polvareda. Antes de disiparse la nube el vehículo se había perdido de vista en dirección al hospital.

Junto al resto de personas, Adán se dirigió andando al lugar donde se produjo el asalto. En el ardor de la persecución, todos se habían olvidado del cobrador agredido, que pudiera estar malherido. Al fondo, junto a la puerta de la fábrica, un grupo de curiosos rondaba por los alrededores, donde se distinguían dos guardias con sus uniformes de color caqui claro y su gorra con forma de morrión, bien calada. Cuando llegó a su altura, se percató de que Benedicto ya no permanecía allí. Seguramente ya lo habían evacuado. Se dirigió a los guardias, interesándose por la salud del herido. Al parecer, estaba ingresado en el hospital, le dijeron. El hombre estaba bien, en lo que cabe. Bastante magullado por los golpes, pero sin daños de consideración, por lo visto.

Detrás de los guardias apareció la delgada figura de Venancio Cárdenas, inspector jefe de la Dirección General de Seguridad; un individuo tan escuálido que le sobraba traje por todos lados. Quizás era debido a su extrema delgadez que aparentaba algunos más de los veintiocho años con que contaba en ese momento. Mientras se dirigía a Adán se quitó el sombrero, dejando a la vista una pelirroja pero escasa cabellera, un rostro claro en el que no cabía ni una sola peca más, ojos azules y rasgados, amenazantes como cuchillos, y una boca alargada y de labios finísimos, casi inexistentes. Procedente de uno de los Tercios de la Legión en África, de donde había sido incorporado tras la profunda remodelación que había sufrido el sistema policial a raíz del golpe de estado de Primo de Rivera, su ascenso dentro del cuerpo había sido fulgurante, gracias en parte a un extraordinario sexto sentido que pocas veces le engañaba, y sobre todo a sus métodos, a menudo poco ortodoxos, que empleaba en los calabozos con los detenidos que tenían la desgracia de caer en sus manos.

Se apartó ligeramente la solapa izquierda de la americana, dejando al descubierto por unos instantes la placa octogonal prendida sobre el bolsillo del chaleco.

Interrogó a Adán durante un buen rato sobre los pormenores del atraco y el aspecto de los atracadores. Cuando llegaron al punto del chico herido, Cárdenas le notó cierto nerviosismo:

—¿Puede recordar cuantos disparos le hicieron?

—Cuatro… creo.

—¿Cree?

—Bueno… Si, fueron cuatro. Fue tras el último cuando yo me defendí… Es decir, cuando disparé.

—Así pues, sostiene que fueron los atracadores quienes hirieron al chico.

Adán dudó unos instantes antes de responder. Quería creer que fue así, mas no estaba seguro. En el momento del tiroteo lo vio claro, y la primera impresión suele ser la más autorizada. Sin embargo, a medida que pasaba el tiempo, sus dudas crecían. En circunstancias normales, el proyectil tendría que haber sobrepasado la altura del muchacho, pero la trayectoria ascendente de su disparo —en mala hora se le ocurrió arrodillarse— bien podía haber alcanzado al pequeño.

—Sin duda alguna —se reafirmó, procurando dar seguridad al tono de su voz.

El inspector captó cierta vacilación en el militar.

—No obstante, la procedencia de la bala casi podría considerarse anecdótico en estos casos —el policía quiso tranquilizarlo—. El problema será para esos bastardos, cuando caiga sobre ellos el peso de la ley.

Continuó Cárdenas, cambiando de tercio:

—Por cierto; a pesar de su indudable valentía, señor… —dudó un momento— Adán, ¿verdad?... Como le decía, no debieron mover al muchacho hasta que la autoridad competente hiciera acto de presencia y…

—Y entonces… —le atajó, algo molesto— ¿Cómo le parece a usted que debíamos actuar con un herido con un tiro en el pecho y desangrándose?

—Tranquilícese; no se altere, se lo ruego —respondió el inspector, clavándole su afilada mirada—. No es eso, no es eso… Es sólo que se han podido perder pistas que nos conducirían más rápidamente hasta esos malnacidos. Bueno —su tono sonó esta vez condescendiente—, recuerde que seguramente será citado a declarar como testigo principal de los hechos —se colocó el sombrero mientras se despedía con un gesto—. ¡Que pase usted un buen día!

Y tras ordenar a sus subordinados que procedieran a disolver al grupo de curiosos se dirigió pausadamente hacia el lugar por donde habían huido los pistoleros.

8

11:10h.

Pese a que habían dejado de correr, sus pulmones continuaban resoplando como fuelles. Atrás había quedado el campo de futbol, que una vez franqueado los situó en la orilla del rio Huerva. A pesar del poco caudal la zona era muy frondosa, saturada de arboleda y maleza; una barrera inexpugnable por aquella zona, por lo que su cauce resultaba difícilmente vadeable.

Después de ganar la otra orilla, no sin ciertas dificultades, y a consecuencia de ello, tuvieron un contratiempo: el saco de las monedas volvió a caer al suelo, derramándose de nuevo buena parte de ellas. Volvieron a recogerlas con premura, olvidando algunas con las prisas, y reanudaron la marcha. Dejaron atrás el rio y siguieron corriendo durante un buen rato, hasta que a través de los campos vislumbraron a lo lejos la imponente figura del edificio del Matadero Municipal, alejado de las últimas casas de la urbe. Sintiéndose casi a salvo aflojaron el paso, mas no se detuvieron. Jadeantes y sudorosos se encaminaron a buen paso hacia el Palacio de Larrinaga, palacete de principios de siglo, deshabitado y solitario, y suficientemente alejado de cualquier punto de la ciudad, al que arribaron diez minutos después. Allí, sentados sobre unas piedras y protegidos tras unos ramajes se dispusieron a hacer el reparto. Samuel vació el saco cuidadosamente en el centro. El constante tintineo de las monedas al caer los acalló durante un instante. Emeterio, muy sofocado, se quitó la gorra, desabrochó un par de botones del cuello y se desembarazó también de la corbata, que dejó junto a la visera sobre unos arbustos. En primer lugar contaron el total del dinero, que ascendía a dos mil novecientas cinco pesetas. Por el camino se habían quedado diecinueve duros, presumiblemente. Comenzaron el reparto. Hicieron montoncitos de veinte monedas que distribuyeron en cuatro partes. En total tocaba a setecientas veinticinco pesetas para cada uno y aún sobraba un duro. En el ambiente reinaba un silencio sepulcral, que ninguno de ellos se aventuraba a romper. Emeterio parecía estar más preocupado que los demás. Era evidente que el plan no había podido salir peor. Sabían que uno de los muchachos había caído herido en la escaramuza, mas desconocían el alcance de la gravedad. ¿Y si hubiera muerto? Emeterio no quiso ni pensarlo. No era lo mismo robar con fuerza tres mil pesetas, con ser gravísimo, que enfrentarse a un atraco a mano armada con un muerto de por medio.

—A partir de ahora —rompió el silencio Samuel, mirando a los ojos a sus dos compañeros—, hay que dejarse ver lo menos posible durante un cierto tiempo, pero sin desaparecer del todo, para evitar levantar sospechas. Tened en cuenta que la policía peinará la ciudad de cabo a rabo. Prudencia y cautela. Que nadie, ni siquiera nuestros más allegados, note cambios en nuestras costumbres —frotó repetidamente pulgar e índice, refiriéndose al asunto del dinero—. De la parte de Ansaldo, ¿quién se encarga? —dijo.

Se hizo un silencio prolongado que nadie parecía romper.

—¡Está bien! ¡Ya me encargo yo! —dijo él mismo, con tono fastidioso.

Ignacio apenas había abierto la boca en todo el tiempo. Mantenía la vista fija en el suelo, sin mirar nada ni a nadie. Se le notaba afectado. Cuando vio caer al muchacho se le vino el mundo encima. Maldijo su estampa. Tan sólo intentaba amedrentar a sus perseguidores con los disparos. «Sí, ya sé que apunté al cuerpo del sargento —razonó para sus adentros, intentando justificarse—, pero… ¿Cómo imaginar que el maldito crío se iba a interponer entre los disparos?... La fatalidad es la culpable de todo, no yo». Por otra parte, tampoco sabía a ciencia cierta si fue él quien lo hirió.

Como si leyera sus pensamientos, Emeterio explotó, airado:

—Pero, ¿acaso era necesario disparar, estando como estábamos casi a salvo? ¡Maldito cabrón!

Ignacio se fue para él, como impulsado por un resorte. Samuel estuvo atento para entrar al quite, interponiéndose entre los dos. Al contener la embestida de Ignacio a punto estuvo de caer al suelo. Una congestionada vena cruzaba el rostro de Ignacio, desde la frente hasta la nariz. Sus pequeños ojos miraban fieros a Emeterio. Intimidado por la actitud agresiva de su compañero, Emeterio procuraba mantener la distancia que les separaba.

—¿Acaso tuviste tú más cuidado al disparar…, cuando casi le vuelas la cabeza al portero?... ¡Gilipollas!—barbotó Ignacio.

—Vamos, muchachos, calma, calma —se interpuso Samuel entre los dos, conciliador—. Ahora, lo que necesitamos es estar más unidos que nunca, ¿lo entendéis? Y recordad esto: los cuatro somos culpables de lo que ha pasado. Todos estamos metidos en el lío… Y entre todos debemos hallar la forma de salir de él, ¿de acuerdo?

—¡Esta bien! —concedió Ignacio a regañadientes.

—Ahora —Samuel se sintió en la necesidad de erigirse en jefe en aquellos momentos—, cada mochuelo a su olivo, como si no hubiera pasado nada, y a esperar noticias. Y sobre todo, cautela. Ni una palabra de esto ¡Ni a Dios!

9

Ansaldo Bernad.

Pasados aquellos momentos de zozobra, Ansaldo, más entero, reanudó el camino a casa. Todavía resonaba dentro de su cabeza el ruido de los disparos, a pesar del tiempo transcurrido, un cuarto de hora largo, pero volvía a ser el mismo de siempre, impetuoso y altivo. Era un anarquista puro, de una sola pieza, al igual que Samuel Entrena, con quien compartía un dogmatismo sin fisuras, mucho más acusado que el de los otros compañeros. Eran ellos dos los que tiraban del grupo a pesar de ser los más jóvenes. Sus postulados habían acabado por generarle algunos desencuentros en el ámbito familiar, especialmente con su padre, y sobre todo con el hermano mayor, Feliciano, quien le advertía constantemente de los problemas que más temprano que tarde habían de llegarle. Al progenitor jamás le replicaba; guardaba ese principio de respeto que todo hijo debe a un padre. Pero con Feliciano no se callaba. Muy superior a él intelectualmente, sus invectivas acababan por abrumarle: «Esos problemas no serán sino responsabilidad del Estado, que tiene anestesiado al pueblo mediante los Borbones y el dictador —solía contender con él—; por tanto, es al Estado a quien deberías pedirle cuentas, no a mí. Lucha, pues, a tu manera, como cordero; yo lucharé a la mía, como lobo, si es preciso».

Se incorporó a la calle del Coso, justo cuando la sirena de una ambulancia militar enmudecía, al tiempo que el vehículo frenaba justo en la acera de enfrente, a las puertas de la Casa de Socorro. El conductor se apeó a la carrera y entró en el centro, saliendo al poco con varios sanitarios. La multitud se agolpó rápidamente en torno al automóvil como moscas a un tarro de miel. Ansaldo cruzó de acera rápidamente. Asomó la cabeza entre dos individuos a tiempo de ver cómo sacaban un cuerpo en parihuelas. El herido tenía mala pinta: era un muchacho de corta edad, muy pálido y con los párpados entornados. Tapado hasta el cuello con una sábana con manchas de sangre, un médico militar lo acompañaba, presionando su pecho con las manos ensangrentadas. A pesar de la inmediatez del suceso, las versiones comenzaban a circular de boca en boca de los curiosos que se arremolinaban por grupos. Los pormenores que un enfermero daba a una pareja de religiosas le heló la sangre: «Al parecer, lo han herido en el transcurso de un atraco… ¡Pobrecillo!»

Impresionado, se alejó rápidamente del lugar hacia la calle de Don Jaime, en dirección a la basílica del Pilar. Antes de llegar giró a la izquierda y callejeó hasta llegar a casa. Justo antes de entrar al patio se topó con sus padres. Miguela, su madre, era una mujer —no tan mayor como su aspecto decía— de cabellos amarillentos, semblante bonachón, un tanto cariancha y de grueso cuerpo, deformado sin duda por los trece hijos que alumbró. Luciano, el padre, paseaba con las manos unidas por detrás del cuerpo, ligeramente inclinado hacia delante. Canoso, aunque todavía con abundante pelo, guardaba trazas de su antigua apostura. Compartía con algunos de sus hijos, especialmente con Ansaldo y Sofía, una nariz perfecta y un marcado arco cigomático, algo aplastado, amén del color verde de los ojos, rasgos todos ellos afines al linaje de los Bernad, heredados generación tras generación. Hosco, en contraposición a la amabilidad de su mujer, era poco dado a la conversación. Ansaldo los saludó, a ella con ternura y con respeto a él, aunque no exento de confianza. Tras departir durante unos instantes con ellos se encerró en la casa.

10

Emeterio Molina.

Anduvo vagando Emeterio Molina bajo los soportales cercanos al mercado de Lanuza sin rumbo fijo. Después de separarse de sus amigos, su estado de ánimo comenzó a descender alarmantemente. Junto a ellos se sintió amparado, al margen de la subida de adrenalina que la pasada escaramuza le insufló. Ahora, en soledad, los acontecimientos le desbordaban por completo.

Sobre un frontal de los porches, justo encima de unos grandes almacenes, un gran rótulo pintado en negro sobre la blanca fachada de cal anunciaba su nombre. «*El Pequeño Catalán*» —leyó, distraído—. Contigua al comercio se hallaba una taberna, donde se detuvo para echar un trago. Necesitaba darse ánimos. El cuadrado local estaba escasamente iluminado, casi en penumbra. La barra cruzaba el pequeño establecimiento de punta a punta. Enfrente, dos mesas: una de ellas ocupada por dos parroquianos que conversaban tranquilamente con el dueño. En un extremo de ella, un cliente, de pie, ojeaba un diario mientras apuraba un *revuelto*. Se acercó al mostrador, inspeccionando con disimulo su superficie antes de apoyar los codos sobre un espacio limpio de cercos.

—Un *chato* de tinto, por favor —pidió.

El camarero —un tipo orondo, enfundado en un mugriento mandil verduzco— le observó con curiosidad por encima de las gafas, mientras le plantaba el vino delante. No le sonaba su cara

—¡Ahí tiene! —gruñó.

Emeterio tomó el vaso de vino, recio, oscuro, casi negro. Lo paladeó detenidamente antes de apurarlo de un trago.

—«*Bonum vinum laetificat cor homini…*» —exclamó.

—¡Oiga, oiga!... ¡Sin faltar! —le contestó uno de los que estaban sentados en la mesa, que se las daba de gracioso.

La broma hizo reír a todos los presentes. Emeterio quiso aclarar:

—*«El buen vino alegra el corazón del hombre...»*, o al menos eso creía el sabio Salomón.

El del periódico, un hombre grueso de mediana edad, impecablemente vestido, con pinta de tratante, levantó la vista y metió baza:

—¡Vaya! Parece que necesita animarse, joven. Apostaría algo a que está realmente preocupado —le guiñó un ojo mientras le sonreía—. ¿Mal de amores, quizás?

—Pudiera ser… —respondió Emeterio, evasivo.

El hombre volvió a su lectura. Pasó apresuradamente varias páginas hasta que se detuvo en una de ellas.

—Oigan esta crónica: *«Las últimas palabras de "Gavira"»*.

Tras un momento de silencio, continuó leyendo:

El torero Enrique Cano «Gavira» falleció el pasado 3 de julio en la plaza de Madrid, tal y como se publicó en su día, víctima de una fatal cornada.

Era su primera corrida en la temporada, con ganado de Pérez de la Concha, y compartía cartel con «El Andaluz» y «Gallito» de Zafra. El tercer toro, un manso de nombre «Saltador», le embistió cuando entraba a matar.

Logró una gran estocada en todo lo alto, a volapié, pero no pudo evitar la cornada seca en el lado izquierdo del hipogastrio. Como tantas veces a lo largo de la historia, torero y toro cayeron heridos de muerte.

A pesar de la herida, consiguió levantarse sujetándose con ambas manos la enorme herida. Llegadas las asistencias, el torero se desvaneció, y lo último que se le oyó decir fue: «¡Me ha matao!».

El tabernero, que escuchaba atentamente, metió baza:

—¡Quién lo diría! ¡Dejarse matar por un mansurrón!

—Esos suelen ser los peores —intervino el gracioso.

El hombre del traje asintió con la cabeza. Tras apurar la copa, fijó la vista nuevamente en el periódico mientras decía:

—El día que murió «El Gallo», yo estaba en la plaza. Me encontraba por aquel entonces cerrando un negocio, que no viene al caso, en Talavera. ¡Nadie podía creérselo! ¡Joselito, muerto por un toro!... Él, que dominaba al morlaco de principio a fin… Bueno, pues dicen que el gran Belmonte, al enterarse, dijo: «Si a ese hombre lo ha matado un toro…, nadie estamos a salvo». En fin —remató—, así es la fiesta.

El silencio de los contertulios dio rienda suelta a su locuacidad:

—Pero oigan esta otra. Dice:

La nueva cárcel de Torrero —leyó en voz alta, modulando

la voz—. *Este barrio va a contener el cementerio y la cárcel. Los dos puntos convergentes de las vidas truncadas por la fatalidad o la desgracia. Los presos se mudarán desde «Predicadores»*[1].

Aquella noticia, inocente en apariencia, consternó a Emeterio. Fue como mentar la soga en casa del ahorcado. Un sudor frío bañó su frente. Maquinalmente, pasó la palma de su mano por la cabeza y descubrió aterrorizado que no llevaba gorra. Echó un rápido vistazo a su alrededor, buscándola inútilmente. Entonces le vino a la memoria la última vez que se la había quitado: fue cuando hicieron el reparto del dinero. Su rostro palideció. ¡Dios! ¡Ahora lo recordaba! La dejó olvidada, junto con la corbata, sobre unos ramajes. «¡Pero! —pensó, alterado—, ¿cómo no me habré dado cuenta hasta ahora?». Otro error más. Confió en que no fuera determinante. De pronto le entraron las prisas. Con un cuidadoso movimiento de su mano en el bolsillo, procurando que la enorme cantidad de monedas no tintinearan al contacto entre ellas, sacó un duro de plata. Con los cambios todavía en la mano, se despidió de los presentes y se marchó.

Subió por Escuelas Pías hasta la iglesia de los Padres Escolapios, donde tomó Basilio Boggiero, estrecha e interminable calle donde subsistía, mal que bien, en un húmedo sótano junto a su madre, Marina Diego. Caminaba cabizbajo, maldiciendo la mala suerte que le perseguía desde bastante tiempo atrás. La muerte de su padre minó la salud de la madre hasta que acabó enfermando de cierta gravedad. Tuvo que endeudarse para costear los cuidados que la enfermedad requería. Acuciado por las deudas, cometió la torpeza de extender un talón sin fondos; acción que le causó no pocos problemas con la justicia. Incluso estuvo detenido, acusado de estafa. Todo ello quedó reflejado en su ficha policial. Su situación actual, sin empleo y endeudado, le empujó a enrolarse, al igual que sus compañeros, en el infortunado episodio que había tenido lugar recientemente.

Atrás dejó el *Royal Concert*[2], exitoso teatro de variedades en el que a menudo actuaban las más reconocidas *vedettes* del panorama nacional. Intentó animarse, pensando en lo primero que haría con el dinero del robo. Pagaría a don Pablo, al que le debía setenta pesetas de casi un año de alquiler del sótano donde vivían. El casero, hombre de malas palabras, pero de buenas acciones, le apremiaba a buscar trabajo con más ahínco, afeándole su holganza, y aunque le amenazaba frecuentemente con desahuciarle, jamás cumplía sus amenazas.

Siguió caminando un buen trecho, hasta llegar a la confluencia con Mayoral, que atravesó para seguir calle arriba. Hizo parada en una tahona, donde compró unos bollos con pasas y nueces, hasta ahora prohibitivos para su maltrecha economía. ¡Qué alegría se llevaría su madre! Algunos metros después llegó al portal de su casa. Marina estaba esperándole como siempre junto a la única ventana, casi claraboya, que a ras de suelo comunicaba con la calle. Ella le saludó a través de los barrotes y de la herrumbrosa malla metálica que la protegía del exterior. Emeterio le sonrió dulcemente y entró en el portal.

11

Ignacio Páez.

Acomodada en el regazo del hombre, la niña agitaba nerviosamente un viejo sonajero. De vez en cuando la pequeña le golpeaba en la cabeza, y a las histriónicas quejas del padre le acompañaba un caudal de carcajadas de la chiquilla. A sus tres meses andaba más que espabilada, con sus grandes ojos, redondos como platos, y un gracioso rizo en medio de la frente, observándolo todo.

Encarna, la esposa de Ignacio, se acercó por sorpresa, rescatando al bebé de los brazos del padre:

—¡Vamos, holgazanes! ¿Acaso no tenéis hambre? ¡Si van a dar las tres! Anda, Ignacio, ayuda a poner la mesa a tu madre, mientras le doy el pecho a tu hija.

Encarna se fue al dormitorio con la niña. Notó raro al marido, pero no le dio mayor importancia, acostumbrada al cambio de carácter que últimamente había detectado en él. Ignacio lo achacaba a su situación laboral, sin ocupación, y bajo la presión de una familia que mantener. De momento, a la espera de mejores tiempos, se habían trasladado a vivir con los padres de él; Apolonia y Fausto. Y con Elvirita, su hermana mayor: una solterona amargada con la que Encarna chocaba una y otra vez, y sin que ninguna de las dos diera su brazo a torcer.

Pero a quien verdaderamente detestaba Encarna era a uno de los amigos de su marido, a ese tal Samuel, a quien culpaba de todos sus males. Nada era ya igual que antes, cuando Ignacio era un joven al que no le faltaba un empleo, valorado por sus patrones, que siempre se deshacían en elogios hacia él, merced a su laboriosidad y buen comportamiento. Consideraba que su hombre estaba bajo la influencia de ese tipejo, que le había llenado la cabeza de ideas radicales, envenenándole la sangre: «Ya estoy harto —solía argumentar últimamente— de que los jefes se enriquezcan a costa de nuestra miseria. Mientras ellos menean el bigote en lujosos restaurantes, nosotros nos vemos en la necesidad de limosnear un mendrugo de pan». Nada que ver con el hombre manso de antaño.

Ignacio intentaba comportarse con naturalidad, pero el trágico episodio ocurrido unas horas antes le atormentaba constantemente. Bajó a la calle para tomar aire. Cruzó el estrecho portal, situado en la plaza de Santo Domingo, en la esquina con Las Armas, justo enfrente del nuevo mercado de pescados[3], todavía sin rematar, que se estaba construyendo allí mismo. La plaza, amplia y cuadrada, era de las más importantes de la ciudad, no en vano estaba situada a las puertas del Ayuntamiento. Se sentó en uno de sus bancos de madera, frente a la circular fuente situada en el centro y dando la espalda al abrevadero de caballerías situado en los aledaños de la plaza. El viento arrancó del suelo de gravilla una extensa polvareda que le obligó a entornar los ojos para evitar que las molestas partículas de polvo que asaeteaban su rostro le cegasen. A pesar de todo, a solas se sintió mejor. Peor lo pasaba cuando tenía a su esposa y a la pequeña delante. Un profundo sentimiento de culpa le mortificaba, a causa del lío en el que se encontraba. Daría lo que fuese por poder dar marcha atrás, borrar de un plumazo los últimos acontecimientos. Por desembarazarse del papel principal que le había correspondido en el tiroteo. Pero cambiar los hechos ya era imposible. No quedaba más remedio que afrontar la realidad y esperar a ver en que quedaba todo aquello. Pasaba por momentos en que el optimismo —si bien moderado— calaba en él. Se repetía una y otra vez que todo acabaría bien, que con el paso del tiempo todo quedaría en un mal recuerdo. Otras veces era el pesimismo el que se instalaba dentro de su ser, inmovilizándolo, sacándole el aire de los pulmones, elevando al máximo sus pulsaciones. La situación le desquiciaba. Recordó la lectura, lejana en el tiempo, de *Crimen y Castigo*. Le impresionó el comportamiento de *Raskolnikov*, el protagonista. Cómo, tras cometer los crímenes, su conducta variaba a cada momento, llegando incluso a enfermar. Tan pronto creía haber obrado justamente como al minuto siguiente el remordimiento le empujaba a querer confesarlo todo. Pero para Ignacio, el mayor paralelismo —y eso les atañía a los cuatro— estaba en las circunstancias de los delitos. Tanto ellos como el *Raskolnikov* de la obra habían cometido sus respectivos actos criminales empujados por un denominador común: la necesidad, derivada de la extrema pobreza en que vivían.

Tan absorto andaba buceando en sus meditaciones que apenas oyó a su madre que desde la ventana le reclamaba a voces. Se irguió perezosamente y se dirigió hacia el portal.

12

Samuel Entrena.

Andaba despacio, cargado con un gastado bolso de lona en bandolera. Tras el reparto del dinero había pasado por casa, una destartalada parcela en la calle de Lasierra Purroy, donde vivía, compartiendo los gastos del alquiler con Miquel Gispert, compañero del taller de ebanistería donde ambos trabajaban. Miquel era un separatista catalán natural de Alcarrás que había llegado a la ciudad tras la estela de un primo suyo que trabajaba como enfermero en la Casa de Socorro. Precisamente por vía de este familiar, Miquel se había enterado de un suceso dramático ocurrido horas antes en el hospital: la muerte de un niño, herido de bala en un atraco. La desventurada noticia estremeció a Samuel. Hasta entonces, había albergado la esperanza de que el niño pudiese estar vivo. Ahora, después del mazazo que le supuso enterarse de la muerte del muchacho, y tras darle infinidad de vueltas a la cuestión, había decidido salir del país. Libre de todo tipo de ataduras familiares, a nadie debía rendir cuentas ni porqués. Pero de algo estaba seguro: se encontraban en un callejón sin salida del que difícilmente iban a escapar quedándose en la ciudad.

Metió una muda limpia en el bolso. Introdujo después el dinero del atraco; la parte suya y la de Ansaldo, separadas las dos particiones en dos bolsas de tela que se procuró con sendos retales arrancados de un viejo guardapolvos. En un primer momento estuvo tentado de escribir a Miquel una nota de despedida, pero inmediatamente desechó la idea. No debía dejar pistas sobre sus intenciones. Para cuando le echaran de menos debería estar bien lejos. Tan sólo a Ansaldo deseaba enterarle de sus planes. Esperaba hacerle ver la conveniencia de escapar, aunque conociéndolo, no confiaba demasiado en que le secundase en sus planes.

Así pues, salió de la casa, con la intención de entrevistarse con Ansaldo, no sin antes despedirse de aquel lugar con un último vistazo. Ya en el exterior, tomo la calle Lugo hasta salir a la principal del barrio, esto es, la de América. Como un mal presagio, se dio de bruces con la puerta principal de la recién construida cárcel, solitaria en la explanada como un islote en medio del océano; ya terminada aunque todavía huérfana de inquilinos. Se alejó rápidamente del lugar, luchando por ahuyentar fuera de sí los malos augurios que su visión le provocaban.

Tomó el tranvía, del que se apeó en la plaza de la Constitución. El trayecto hasta el domicilio de Ansaldo lo hizo a pie, despacio, como despidiéndose de cada calle, observando detenidamente cada detalle de cada portal, fijándose hasta en el más ínfimo desconchado que presentaban las viejas fachadas. Leyendo para sí los letreros de cada uno de los comercios con los que se topaba. Cuando llegó a la vivienda de Ansaldo eran las tres de la tarde. No tuvo necesidad de llamar, pues lo encontró allí mismo, deambulando nerviosamente por las inmediaciones de la casa. Se saludaron en silencio, reprimiendo sus emociones. Se apartaron de allí, en busca de un lugar donde hablar tranquilamente.

Samuel le puso al corriente de las escaramuzas que tuvieron que librar tras el atraco, los disparos y la posterior muerte del menor. Ansaldo encajó la mala noticia con aplomo. La esperaba. Después de ver el rostro exánime del muchacho herido, a las puertas del hospital, se puso en lo peor. La noticia de su muerte tan solo confirmaba sus sospechas. Samuel le declaró sus intenciones:

—Quedándonos aquí estamos perdidos, Ansaldo. Huyamos ahora, que aún estamos a tiempo —le instó—. Si nos cogen, probablemente nos condenen a algo peor que a una temporada entre rejas. Seguramente nos matarán. Ya conoces la aversión del dictador por los anarquistas. Y ten en cuenta que Emeterio esta fichado. Si tiran de ese punto, por ahí se puede deshacer la chaqueta.

—Yo me quedo, Samuel, lo tengo decidido, pase lo que pase. No pienso huir como un vulgar ratero. Por mi familia… y sobre todo por mí —sentenció Ansaldo, con gesto orgulloso.

Samuel lo miró, esbozando una tímida sonrisa, llena de amargura. Pese a la dureza de sus palabras, no las tuvo en cuenta, viniendo de Ansaldo. Sabía que no había intención de herir; tan solo reflejaban su carácter, arrojado e ingobernable. Tras unos momentos de silencio sacó del bolso la parte de Ansaldo, entregándosela.

—Toma; es lo que te corresponde. Setecientas veinticinco pesetas.

El joven cogió el dinero con indiferencia. Por un momento estuvo tentado de rechazarlo, pero, ¿de que serviría? El mal ya estaba hecho. Eso nadie podía cambiarlo. Después de guardarlo, preguntó:

—¿Cuándo piensas marcharte, Samuel?

—Cuanto antes, Ansaldo. Si puedo plantarme en la frontera mañana, mejor que pasado. En Portugal tengo algún contacto. Y de allí a la Argentina… ¡O qué sé yo!… A Méjico, tal vez. El caso es «volar» de aquí.

—Entonces, no pierdas el tiempo, compañero. Y deséanos suerte. La vamos a necesitar —contestó Ansaldo, con voz ronca.

Se abrazaron fuertemente, palmeándose mutuamente sus cuerpos. Se separaron, mirándose a los ojos, visiblemente emocionados. Cruzaron los puños por encima de sus cabezas antes de despedirse:

—Saludos, compañero.

—Salud y suerte.

SEGUNDA PARTE

13

Gobierno Civil. 9 de julio. 20:00h.

El militar mojaba nerviosamente la pluma en el tintero. En la carta que escribía aparecían frases enteras tachadas, deduciéndose de ello que le costaba trabajo dar con las palabras adecuadas para redactar la misiva. Por fin consiguió enlazar varias frases seguidas sin parar; firmó el borrador con una hiperbólica rúbrica, y respiró aliviado. Pese a su alta graduación —general de división—, no había cumplido aún los cincuenta. Vestía atuendo civil; traje gris perla de corte impecable, a juego con el sombrero, que colgaba del perchero junto a un gabán azul marino. Había sido nombrado gobernador civil de la ciudad hacía escasamente un mes por la renuncia de su antecesor, aquejado de una larga enfermedad que le obligaba a guardar cama desde hacía ya un tiempo. El propio presidente del Directorio Civil —y de España—, Primo de Rivera, con el que le unía una sincera amistad desde las campañas de África, le presentó para el cargo, que aceptó como si de una orden cuartelera se tratase, aunque no le hacía demasiada ilusión. «Ordenar enérgicamente; obedecer lealmente»: la clásica divisa castrense.

Precisamente, y a consecuencia del atraco ocurrido aquella mañana, que se saldó con un hombre herido y una víctima mortal —un menor, para más desgracia—, aquella tarde había recibido una llamada del presidente. Más de media hora lo tuvo al teléfono. El dictador estaba fuera de sí. Exigía un castigo ejemplar para con los culpables, en cuanto se les detuviese. No le importaba que se convirtieran en chivos expiatorios. Perseguiría la delincuencia hasta erradicarla por completo, costase lo que costase. Y una condena a muerte arredraría a futuros malhechores. Por ello entró en vigor el Real Decreto del 13 de abril de 1924, por el que los delitos entraban de lleno en la jurisdicción de guerra, motivado por el espantoso crimen del expreso de Andalucía, suceso que estremeció al país tres años atrás.

Tiró de la campanilla que tenía al lado de la mesa. Enseguida se oyeron pasos fuera del despacho. Tras tocar dos veces en la puerta, ésta se abrió dando paso al secretario; un hombre bastante mayor, muy bajito, y que cojeaba ostensiblemente, balanceándose a cada paso:

—Usted dirá, Excelencia.

—Pase, pase, Faustino. Mire… —el gobernador carraspeó ligeramente—, es sobre el atraco de esta mañana. Estamos recibiendo presiones desde Madrid —apuntó con el pulgar de su mano derecha a su espalda, en dirección a uno de los retratos que tenía a sus espaldas, concretamente al de Miguel Primo de Rivera, que lucía junto al de Alfonso XIII. Tomó el borrador al que acababa de dar forma y se dispuso a dictar, mientras paseaba por la sala—. Siéntese y redacte a máquina lo siguiente:

Del Gobierno Civil.

Sábado, a 9 de julio de 1927

A todas las emisoras de radio, prensa escrita, y en general, a cualquier modo de divulgación, se advierte:

A consecuencia de los sucesos acaecidos en nuestra ciudad en la mañana de hoy, día 9 de julio del corriente año con resultado de muerte de un infante, y para evitar obstaculizar las diligencias emprendidas por las Fuerzas de Seguridad del Es-

tado, ni dar ventaja a los malhechores con cualquier tipo de noticias sobre el particular, ***se prohíbe terminantemente*** *divulgar cualquier tipo de información, bien sea por escrito o por medio de otros conductos, hasta nueva orden.*

Nota: Quien desoyera la presente advertencia incurriría en pena gravísima.

El gobernador civil
General J. Cartón Salvador

Apenas dejó de sonar el metálico tecleteo de la máquina de escribir, el gobernador se volvió a su mesa. El secretario le acercó el escrito. El general lo repasó detenidamente e hizo un gesto de aprobación:

—Encárguese personalmente de cursar urgentemente telegramas de esta misiva a todas las emisoras y diarios de la ciudad. Lo dejo en sus manos, Faustino. Ni que decir tiene la importancia del asunto.

—Pierda cuidado, Excelencia. Si no desea nada más…

—Nada, nada. Retírese, Faustino.

El secretario se precipitó apresuradamente hacia la puerta, bamboleándose visiblemente. Tras cerrar suavemente se escucharon sus arrítmicos pasos, alejándose.

14

Venancio Cárdenas inspeccionaba minuciosamente las dos prendas que tenía entre sus manos. La tarde del suceso había organizado una batida con sus hombres por la ribera del

Huerva, por donde, según algunos testigos, escaparon los fugitivos. Recuperaron algunas de las monedas que los asaltantes perdieron cerca de la orilla, lo que unido a las huellas impresas en el barrizal les permitió seguir su pista. Nada más salir de las inmediaciones del río, ya en campo abierto, el inspector distribuyó a los agentes en barrera —diez en total, incluyéndose él—, distanciados diez pasos uno del otro, ocupando una amplia franja. A una orden de Cárdenas, los hombres se pusieron en movimiento. Avanzaban acompasadamente, peinando detenidamente el terreno. A su lado estaba situado Antonio Matután, su hombre de confianza: un fornido policía de mediana edad, de cara cuadrada y tupido cabello ceniciento, parco en palabras pero capaz de descifrar y ejecutar cualquier orden de su jefe con una simple mirada de éste.

Se dirigieron en dirección sur. A menos de quinientos metros se alzaba solitario el Matadero Municipal. Una vez llegados a él hicieron un alto. La actividad a aquellas horas de la tarde, dentro del matadero, era intensa, pese a ser sábado. Las caballerías, con sus carros atestados de mercancía aguardaban pacientemente su turno de entrada al recinto.

El inspector hizo un aparte con Matután:

—¿Crees que pasaron por aquí, Antonio? —le preguntó Cárdenas.

—¿Y arriesgarse a ser reconocidos, con todo este trajín? No los imagino tan estúpidos, jefe —respondió Matután.

—Eso mismo pienso yo.

Cárdenas fijó su mirada en el horizonte. Un brillo acerado afloró en sus ojos mientras apuntaba con el índice.

—¡Allí! —dijo.

—Allí… ¿Qué?

Matután dirigió la vista en la dirección que marcaba insistentemente el brazo extendido del inspector. A menos de un kilómetro se recortaba en el horizonte la imponente figura de un palacete.

—Seguro que fueron a parar allí —insistió—. Al castillo de Larrinaga. Un lugar apartado y deshabitado. El sitio perfecto para repartir el dinero… o para esconderlo.

Matután no contestó. No podía estar más de acuerdo con su jefe. «Si algo le sobra a este pedazo de cabrón —pensó—, es intuición».

Cárdenas movilizó de nuevo a sus hombres. Volvieron a avanzar en barrera, en dirección al castillo de Larrinaga, al que llegaron veinte minutos después. El inspector los reunió en torno a él:

—Ahora viene el trabajo delicado. Buscamos entre las ramas, entre los matorrales. Ante cualquier detalle que os parezca fuera de lugar, no hagáis nada. Limitaos a avisar a Matután o a mí. Repito, ¡no toquéis nada! Es posible que el dinero esté escondido por aquí, enterrado en algún lugar. ¡A trabajar, señores!

15

El castillo de Larrinaga es en realidad un suntuoso palacio de estilo neorrenacentista que emerge en las afueras de la ciudad, en su salida hacia Castellón. Fue mandado edificar por un acaudalado naviero vasco a principios de siglo, aunque jamás llegó a ser habitado. Su base cuadrada, sustentada por cuatro torres, está rodeada por una inexpugnable combinación de ladrillo y reja que la custodia en medio del solitario paisaje. Los materiales usados en su construcción son específicamente aragoneses: piedra, ladrillo rojo y cerámica. No están nada claros los motivos por los que nunca estuvo habitada, aunque la versión más conocida gira en torno a una historia de amor. Manuel Larrinaga, el naviero, contrató a uno de los arquitectos más prestigiosos de la época, Félix Navarro, que en 1901 comenzó su construcción. Iba a ser un regalo para su hijo, recién casado con Asunción Clavero, de Albalate del Arzobispo. Desgraciadamente, la joven esposa falleció antes de que las obras concluyeran, y el novio, hundido emocionalmente, jamás quiso habitar la casa.

La mansión apenas recibía visitas, exceptuando a los ovejunos rebaños que habitualmente pastaban por los aledaños.

Ahora, los policías escudriñaban por los alrededores en busca de algo, inconcreto tal vez, que les encaminara en alguna dirección. Uno de los policías se agachó de improviso entre la maleza. Sobre unos matorrales a ras de tierra colgaba una corbata, zarandeada por suaves rachas de viento. En el suelo, boca arriba, descansaba una gorra. Inmediatamente avisó al inspector con grandes voces, quien se acercó rápidamente.

Cárdenas no podía disimular su alegría. La corbata grisácea y la visera de ojo de perdiz que tenía en sus manos corroboraban su extraordinario sexto sentido. Examinó minuciosamente el revés de la gorra. La acercó a su nariz y aspiró profundamente. La mezcla de olores le llegó intensa, reciente. Un cerco de sudor ocupaba gran parte de su superficie. Hacía pocas horas que su dueño se había desprendido de ella. Echó un vistazo a su alrededor. Allí mismo, sobre un claro del terreno, tres grandes piedras dispuestas en triangulo le permitieron imaginar a los tres hombres sentados unas horas antes. No hacía falta ser un lince para adivinar que habían servido de descanso a los fugitivos. Envolvió las prendas encontradas en un paño que guardó en uno de los bolsillos de la americana.

—Matután, ordena a los hombres que sigan buscando entre los matorrales cualquier rastro de tierra removida, por si les ha dado por esconder el dinero, aunque me temo que no vamos a encontrar nada…

A las nueve de la noche comenzó a anochecer. Después de tres horas de infructuosa búsqueda, el inspector Cárdenas dio por concluido el rastreo.

En el camino de vuelta, Matután y Cárdenas hablaban discretamente, sin levantar la voz. Confiaba el inspector que el hallazgo de las prendas arrojara algo de luz sobre el caso. Por lo pronto urgía tomar declaración al sargento, al vigilante de la fábrica y a la sirvienta que dio la voz de alarma. Alguno de los tres tenía que recordar rostros o detalles sobre los malhechores, por fuerza.

Llegaron cerca del domicilio de Matután. Cárdenas puso su mano sobre el hombro del subalterno, amistosamente, mientras se despedía de él:

—Ahora, a descansar, Matután. Mañana va a ser un día movido.

—¿Qué planes tiene, jefe?

—De entrada, revisar de cabo a rabo las reseñas fotográficas de todos los individuos que hayan pasado por las dependencias en los últimos dos o tres años. Apostaría lo que fuera que son anarquistas. Ya sabes que la mayoría de esos *hijoputas* suelen estar fichados. Me da en la nariz que tirando de ese ovillo daremos con la madeja.

Matután asintió en silencio. Compartía totalmente el punto de vista del inspector. Se sorprendió a sí mismo compadeciéndose de aquellos pobres diablos. Sabía que tarde o temprano, Cárdenas acabaría por «morder» la presa, y entonces…

Matután llevaba tiempo dándole vueltas a un asunto relacionado con el inspector. Desde que empezó a trabajar con él, había notado su profundo odio a los anarquistas. No es que él simpatizara con el movimiento libertario, precisamente, pero lo de su jefe era otra cosa. Algo latente en su interior que lo mortificaba. Mientras caminaban en silencio le espetó de improviso:

—Quisiera hacerle una pregunta, jefe, pero… quizás sea un tanto indiscreta.

—Las preguntas nunca son indiscretas, Matután. Sí lo son las respuestas, algunas veces. De todas formas, dime de qué se trata.

Matután pensó en cómo plantear la pregunta. Al fin lo soltó:

—Esa fijación por los anarquistas, jefe. Si me permite… Algo muy gordo tuvo que ocurrirle en el pasado.

Cárdenas tardó en responder. No era la primera vez que alguien le hacía esa pregunta. Pero le sorprendió que Matután, del que jamás había advertido la más mínima capacidad para el análisis, hubiese reparado en ello.

—Esa historia es muy larga, Antonio, y nada agradable; créeme —dijo con cierta amargura—. Y merece un capítulo aparte. Quizás algún día te lo cuente.

16

Jueves, 21 de julio.

De regreso a casa, Emeterio Molina caminaba sin prisa aquella tarde. Venia de ver a don Pablo, el casero, para saldar parte de la deuda. No quiso arriesgarse a pagarle los once meses de alquiler atrasados para no levantar sospechas. Tenía pensado fraccionarlos en tres plazos, el primero de los cuales acababa de desembolsar. Así y todo, el hombre se sorprendió, al recibir tanto dinero: «¡Caramba, Emeterio! ¿Acaso has atracado un banco… o es que por fin te ha dado por ponerte a trabajar?» —le preguntó con sorna, mientras se guardaba los cinco duros en el bolsillo—. Pero no hizo más preguntas.

Pero había otro asunto que le preocupaba. Casi hacía dos semanas de lo del atraco sin que los diarios le hubiesen dedicado la más mínima reseña. ¡Nada! A pesar de todo, la noticia corría de boca en boca por la ciudad como un reguero de pólvora. Aquello le tenía sumido en un estado de ansiedad perpetuo. Desde entonces no había vuelto a ver a los otros.

Absorto en sus pensamientos, cruzó la calle de Santa Inés, por el lado del convento de las Dominicas, y se dirigió hacia casa, sorteando un automóvil parado frente a una de las esquinas con Boggiero. Se adentró en la calle, por el lado de los impares. Pasó frente al enorme portón de *la galera*, antiguo edificio que en tiempos pasados sirviera como cárcel de mujeres. Tras el arco de la puerta se divisaba el patio interior, resplandeciente a causa del último sol de la tarde que caía a plomo sobre el empedrado. Le pareció ver como una sombra cambiaba de sitio, tras el pórtico. Unos cuantos metros más adelante se encontró con un hombre corpulento, apoyado en la pared con los brazos entrecruzados, con aspecto ocioso. A Emeterio le dio mala espina. Lo estudió, cauteloso, e intentó sortearlo, variando ligeramente su dirección. Antonio Matután —pues de él se trataba— abandonó de repente su aire distraído y ágilmente se interpuso ante él, cerrándole el camino. Emeterio quiso escapar, volviendo sobre sus pasos, pero la sombra que momentos antes creyó ver apareció a su espalda como un fantasma. La férrea mano de Matután le atenazó el brazo, inmovilizándole. La desagradable figura del inspector Cárdenas le plantó frente a sus ojos la placa. Aquel escueto «Policía: queda detenido» le hizo dar un grito de terror. De las siguientes palabras pronunciadas por Matután, mientras le obligaban a entrar en el coche policial, apenas se enteró.

Días antes, Venancio Cárdenas había recibido buenas noticias. Tras una exhaustiva labor en los ficheros policiales, hubo una reseña fotográfica que no pasó inadvertida. Convergían en ella varios detalles determinantes: se trataba de Emeterio Molina, un joven acusado de pasar un talón sin fondos, tiempo atrás. Su filiación sindicalista encajaba dentro del perfil que buscaban. Pero el golpe de suerte estuvo en la fotografía de la ficha: la corbata que mostraba en la foto parecía ser la misma que habían encontrado junto a la gorra cerca del Palacio de Larrinaga. Citaron con urgencia en las dependencias policiales a los testigos Adán Núñez, al vigilante de la fábrica, Leandro Benedí, y a la sirvienta que diera la voz de alarma, Rosa Arnau. De los tres, dos de ellos —los hombres— reconocieron sin dudarlo a Emeterio entre un amplio abanico de fotografías como uno de los atracadores. «Ya está el gato en la talega», pensó el inspector Cárdenas, mientras despedía diligentemente a los testigos.

El eco de los atropellados pasos resonaba en el estrecho y oscuro pasillo. El inspector Cárdenas abría la comitiva, acompañando del brazo a Emeterio Molina que, sujetas las manos por detrás con grilletes, avanzaba torpemente a causa del ritmo que le imponía el policía. Detrás de ellos, Matután le sujetaba del pomo de las esposas. Se detuvieron ante una habitación. El inspector abrió la puerta, iluminando tibiamente el angosto pasillo. Una pequeña ventana atravesada de barrotes se alzaba rozando el techo de la sala. A un lado, una amplia y sucia mesa de despacho, pegada a una de las paredes. Sobre ella, un pequeño foco eléctrico y un cartapacio, lleno de documentos. Alineadas en la pared del fondo, bajo la ventana, cuatro sillas de madera. Por una de la paredes corría desnuda una tubería de plomo que terminaba en un grifo roñoso, del que pendía un descascarillado cacillo de metal.

Matután empujó violentamente al detenido dentro de la habitación. Emeterio trastabilló, y a punto estuvo de caer al suelo.

—¡Por favor, Antonio! ¡Reprime ese ímpetu! No querrás que el caballero se lleve una mala impresión de la policía, ¿verdad? —dijo Cárdenas con mal disimulado aire circunspecto.

Acercó una silla al lado del detenido y le invitó a sentarse con un gesto de su mano. Emeterio se movió con recelo y tomó asiento. Atado de manos, su cuerpo se mantenía en una posición algo forzada, inclinado hacia delante. Con una señal, Cárdenas autorizó a Matután a soltarle los grilletes.

Emeterio no había abierto la boca desde su detención. Los primeros instantes los pasó paralizado por el terror, aunque paulatinamente el color había vuelto a su rostro desencajado. Lo que le trastornaba era la incertidumbre por no haber sido acusado formalmente de ningún delito. Sin duda se valían de ese tipo de artimañas con el fin de desquiciarlo.

Cárdenas arrimó otra silla y se sentó frente a él, al otro lado de la mesa. Encendió un pitillo, y despidió una bocanada de humo. Le miraba fijamente a los ojos, acechante, como las serpientes a sus presas, antes del inminente ataque.

—¿Quién de vosotros planeó el atraco? —explotó al fin.

Emeterio ni pestañeó. Se sorprendió a sí mismo encajando aquellas palabras con indiferencia. De tan esperadas, apenas hicieron mella en él. A fuerza de leer a los estoicos clásicos acabó pareciéndose a ellos. No estaba dispuesto a confesar a las primeras de cambio, a ponerles las cosas tan fáciles. Por otro lado, no le parecieron gran cosa, esos dos; sobre todo el gorila, al que no imaginaba hilvanando más de cuatro palabras seguidas con cierto sentido. Gente mediocre; medradores sin más, a costa del débil.

—¿A qué atraco se refiere usted, caballero? —contestó con cierta insolencia.

—¡Mira, pollo!: conmigo no te pases de listo. A gentuza como tú no se lo admito… En esta vida, el que siembra vientos, acaba por recoger tempestades. Ya tendrás tiempo de comprobarlo.

Emeterio se vino arriba. No estaba dispuesto a dejarse vencer en aquel mano a mano dialectico:

—Cicerón respondería: «*Yo ya he visto otros vientos, y he afrontado otras tempestades*».

El inspector se puso de pie y por un momento su mirada se cruzó con la del otro policía. Se acercó lentamente hasta el ventanuco, de espaldas a ellos. Matután levantó de la silla a Emeterio, tirándole del cuello de la chaqueta. Un violento puñetazo le estalló entre el pómulo derecho y el puente de la nariz, haciéndole volar por encima de la mesa. Aterrizó de espaldas, arrastrando en su caída el foco y esparciendo por el suelo los documentos de la carpeta. Intento incorporarse, pero le fallaron las fuerzas, y se recostó sobre la pared, jadeante. A consecuencia del brutal mazazo, un ostensible hematoma apareció al instante bajo su ojo. Un fino reguero de sangre manaba de su nariz tumefacta. Matután se acercó hasta él; lo levantó en vilo como si fuera un pelele y lo sentó de nuevo en la silla, completamente desmadejado.

—¿Qué te parece, Antonio? El pollo nos salió filósofo —se mofó Cárdenas—. Luego, se aproximó hasta él, e íntimamente, acercó sus labios a la oreja de Emeterio:

—«*El que ama el peligro, perecerá en él...*» —le susurró al oído—. Eclesiastés, si no recuerdo mal.

Luego se dirigió a Matután, quien permanecía impertérrito, con estas palabras:

—Te dejo a solas con él, Antonio. Seguro que se «muere» de ganas por hacerte alguna confidencia. Si colabora, sé amable con él; no me lo «estropees» demasiado.

Y abandonó la sala, cerrando la puerta tras él.

Mientras, Matután, ya a solas con Emeterio, se dedicó a ordenar pacientemente los papeles caídos, que devolvió al cartapacio, mientras canturreaba entre dientes. Volvió a colocarle las esposas al reo, que, semiinconsciente, apenas se inmutó. Luego, levantó el foco derribado, inspeccionando el filamento de la bombilla: milagrosamente, parecía estar intacto. Lo dejó sobre la mesa y se acercó hasta el grifo del agua, donde llenó el cacillo casi hasta arriba. Lo vertió sobre el rostro de Emeterio, que dio un respingo.

—¡Vamos!, basta de descansar, que tú y yo tenemos trabajo pendiente —se regocijó Matután—. Tengo una duda. Quisiera saber de qué pasta estás hecho, si de una pieza o de alfeñique. Mira, vamos a hacer un trato: tú me dices todo lo que yo quiero saber. Si lo que voy oyendo me convence, ahí se acaba todo. Si no quedo satisfecho…, entonces tendré que aclarar mis dudas ¿Trato hecho?

A Emeterio le ardía el rostro. Entre brumas veía el rostro burlón del policía, muy cerca del suyo. Tenía reseca la garganta, pero aun así consiguió acumular suficiente saliva como para escupirle en medio del rostro. A continuación, un tremendo golpe en el estómago le nubló la vista. Antes de perder el sentido, todavía pudo escuchar:

—¡Lo que yo me imaginaba! ¡Puro alfeñique!

17

Martes, 26 de julio.

> *¡Nessun dorma! ¡Nessun dorma!*
> *Tu pure, o principessa*
> *nella tua fredda stanza*
> *guardi le stelle*
> *che tremano d'amore*

e di speranza

La voz de Fleta sonaba majestuosa en el viejo gramófono. Ansaldo acompañaba el *aria* en voz baja, visiblemente emocionado. Admiraba al formidable tenor oscense, a quien consideraba tan excelso como el mismísimo Caruso. Siempre que tenía algún momento libre se dedicaba a escucharlo en aquellos discos de pizarra. El que en ese momento giraba correspondía al estreno de *Turandot,* en la *Scala de Milán*; año1926. Poseía Ansaldo dotes para su gran pasión, la ópera. Con su potente voz, convenientemente educada y corregidos algunos defectos, quizá pudiera haberse convertido en un aceptable cantante lírico. Pero sus sueños y empeños iban en otras direcciones. En su casa, aquella mañana, el barullo era monumental, como era lógico en una familia tan numerosa, y más tratándose en su mayor parte de féminas. Sin embargo, procuraban no molestarlo cuando se encerraba en su habitación.

¡Ma il mio mistero è chiuso in me!
¡Il nome mio nessum saprà!
No, no, sulla tua bocca lo dirò
quando la luce splenderà

En aquel preciso instante, el inspector Cárdenas subía cautelosamente las escaleras de la casa. Tras él iba, como si fuera su sombra, Matután. Otros dos policías quedaron en el portal, vigilantes. Sabían a ciencia cierta que el tal Ansaldo se encontraba en casa. Y también que no estaba solo. «Bien, eso puede facilitarnos las cosas», pensó Cárdenas. En el caso de estar armado, la presencia de su familia le impediría defenderse, seguramente. Pero debían estar alerta. «Tratándose de pistoleros anarquistas —desconfió—, nunca se sabe…».

El excelente «trabajo» de Matután con el primer detenido estaba dando sus frutos. No necesitó ser muy expeditivo para que Emeterio Molina confesase. Con los nombres en su poder, al siguiente día por la noche se presentaron en casa de Samuel, en el barrio de Torrero. Pero el pájaro ya había volado. Interrogaron una y otra vez al joven que compartía piso con él. Entre bofetada y bofetada, lloriqueando, éste les confesó que hacía casi dos semanas que le había perdido la pista, el mismo tiempo que llevaba faltando al trabajo.

Tras la frustrada detención, dejaron las redadas para el día siguiente.

Tenía Cárdenas muy presente el trabajo que les dio Ignacio Páez, antes de prenderlo. Menospreció la empresa, presentándose en su casa con dos guardias y sin la compañía de su fiel edecán, por considerarlo innecesario. El detenido, viéndose acorralado, acometió a los dos policías con tal furia que derribó a uno de ellos de un sólo golpe, y descalabró al otro contra la pared. Tan sólo se rindió al sentir el arma del inspector en la nuca.

Ed il mio bacio scioglierà il silenzio
che ti fa mia

El inspector se volvió hacia Matután y le hizo un gesto con la mano. Éste se adelantó y acercó el oído a la puerta.

—Nada fuera de lo normal, jefe. Voces de mujeres y ruido de música —cuchicheó Matután.

¡Dilegua, o notte!
¡Tramontate, stelle!
¡Tramontate, stelle!
¡All'alba vincerò!
¡Vincerò!
¡Vincerò!

—¡Policía! ¡Abran a la policía! —gritaron al unísono, mientras aporreaban la puerta.

Matután se tiró hacia atrás buscando espacio para atacar la puerta con la planta del pie. En ese momento se abrió la puerta mostrando el rostro asustado de tres mujeres, dos de ellas muy jóvenes. La mayor, casi una anciana, apenas pudo balbucear algo parecido a una tímida protesta. Cárdenas las empujó hacia delante, con la placa en la mano:

—¡Buscamos a Ansaldo Bernad! —gritó Matután.

—¡Pero qué…! ¡Mi hijo!... ¿Qué ha hecho mi hijo?

—¡Ansaldo Bernad! —Repitió Cárdenas, ignorando a la mujer— ¡Entrégate, en nombre de la ley!

Lentamente, se abrió una de las puertas de la casa y salió Ansaldo. Se dirigió a ellos con aplomo, las manos en alto, mientras contestaba con gallardía:

—¡Yo soy Ansaldo Bernad! ¡Aquí me tenéis!

Mientras lo esposaban, de la habitación salían los últimos aplausos con los que la *Scala* premiaba la actuación de Fleta.

18

EL CORREO DE ARAGÓN
Martes, 26 de julio.

Han sido detenidos los autores del atraco a un cobrador: Un niño muerto por los atracadores.

Han sido detenidos por la Policía los autores de un atraco, cometido el día 9 de julio anterior contra Benedicto Osorio, cobrador de una fábrica de regaliz.

Acerca de este suceso, el Gobernador no ha permitido la publicación de la menor noticia, para no interrumpir la acción policiaca hasta ahora, que se sabe que el delito no quedará impune.

El Juez Militar actúa para aclarar totalmente el suceso.

Acerca del atraco al cobrador de la fábrica de regaliz, el gobernador Civil ha facilitado la siguiente nota: "Tenemos noticias de que, después de una serie de trabajos constantes de la policía, han sido detenidos los autores del atentado realizado el día 9 del mes presente contra Benedicto Osorio, cobrador de una fábrica de regaliz de esta ciudad. A fin de no entorpecer la acción de la justicia, el sr. Gobernador no permitió circular noticias ni versiones sobre el crimen, lo que ha dado al fin el resultado que se esperaba y no ha quedado impune el crimen. Por el Juez Militar D. Hilarión Reclús se lleva con la mayor actividad el sumario correspondiente, con arreglo al Real Decreto de 13 de abril de 1924, que previene que serán de la jurisdicción de guerra los delitos de esta naturaleza. Conviene también hacer presente que en dicho Real Decreto se preceptúa, en su artículo 4º, que las personas que en la persecución de estos delitos auxiliaren sin tener obligación de ello a los agentes de la autoridad, serán recompensadas con cantidades en metálico que podrán oscilar entre 100 y 2.000 pesetas.

He aquí, en síntesis, la información transmitida a raíz del suceso, y que no pudo publicarse.

Cuando regresaba de un banco de esta capital, después de hacer efectivo un cheque de 6.000 pesetas —en plata 3.000 y el resto en billetes—, el cobrador de una fábrica de regaliz, al llegar a cierta distancia de este establecimiento, fue agredido por la espalda por dos individuos, que le golpearon en la nuca, dejándole sin sentido. Aprovecharon esta circunstancia para arrebatarle un saco con monedas de plata. Se acercaron otros dos compinches que esperaban unos metros más adelante, formando grupo en la huida. A las voces de auxilio dadas por una muchacha de servicio, que presenció la agresión, y ante la decidida persecución de un sargento del Depósito de Sementales, uno de ellos se rezagó un poco, y sacando una pistola, hizo varios disparos contra su perseguidor, alcanzando con uno de ellos al niño Serafín Movilla, que resultó herido gravísimo y falleció a las pocas horas. Huyeron los atracadores por la calle del Asalto hasta llegar al campo de futbol, disparando contra el portero de dicho recinto. Al saltar la tapia se les rompió el saco, y quedaron esparcidas algunas monedas. Los atracadores pasaron el río Huerva, y al ganar la otra orilla se les perdió la pista[4].

19

Jueves, 18 de agosto.

Mariano Nasarre traspasó el portón que daba entrada a la cárcel de la calle de Predicadores. El edificio, antiguo palacio de los Duques de Villahermosa, servía de prisión pública a la ciudad desde el siglo pasado. Pese a vestir uniforme militar fue necesario identificarse ante los dos guardias civiles de la puerta. Éstos, tras comprobar sus credenciales le franquearon la entrada. Como capitán del Regimiento del Infante, se le había designado para hacerse cargo de la defensa de uno de los tres detenidos en el atraco al cobrador de la fábrica de regaliz. Al fugitivo Samuel Entrena, todavía en paradero desconocido, se le encausaba en pieza aparte. Mariano se acordaba perfectamente del caso, que fue comentadísimo en la ciudad durante buena parte del verano, y contra el que se instruía consejo de guerra. No ignoraba el capitán de la dificultad del asunto: asalto con violencia y un homicidio de por medio. No eran delincuentes de poca monta, lo que hubiese sido hasta beneficioso para ellos. Al parecer, se trataba de cuatro hombres relacionados con el anarquismo, lo que agravaba la situación notablemente. En aquella dictadura se perseguía enconadamente el sindicalismo. Una parte muy importante de los reclusos de aquella época en España eran anarquistas.

Sobrepasaba Mariano el metro y ochenta centímetros, y, merced a su cuerpo magro y a su rectitud al caminar, aparentaba ser aún más alto. De facciones correctas, tan sólo destacaban sus ojos rasgados, tan cerrados que se hacía difícil adivinar su tono grisáceo. El cabello, corto y rebelde, comenzaba a tomar el color plateado de las nevadas montañas de su Barbastro natal, de donde obtuvo traslado quince años atrás. A sus treinta y ocho años, casado y con tres hijos todavía pequeños —uno de ellos en edad similar a la del niño finado—, el caso le había conmocionado profundamente. Cuando aceptó la defensa, y después de estudiar por encima la instrucción de la causa, se propuso como mal menor evitar la pena de muerte. No iba a ser tarea sencilla.

Ya dentro del recinto, le hicieron esperar en un pequeño habitáculo, a modo de recepción. Al poco se presentó un funcionario de paisano, que le acompañó en silencio por las escaleras hasta la primera planta. Allí se les unió uno de los celadores de la planta. Tomaron un largo corredor. Al lado izquierdo solamente había una barandilla que daba al patio. A mano derecha, las celdas. Nada más doblar la primera esquina, el celador se paró en la primera celda. Vista de cerca, el estado de la puerta era lastimoso, buena parte de ella descascarillada y llena de herrumbre. A una altura de metro y medio disponía de una portezuela corrediza que tenía dos finalidades: la primera, tener a la vista al preso. La otra, facilitarle los alimentos a través de ella.

El funcionario se marchó y Mariano se quedó a solas con el carcelero. Éste abrió la puerta con un gruñir de goznes, y dijo:

—Cuando termine, dé unos golpes en la puerta. Estaré ahí fuera.

Mariano entró en la celda. Al cerrarse la puerta tras él, la habitación se oscureció visiblemente. Ansaldo se encontraba a la derecha, solo en la celda, sentado a los pies del camastro.

—Ansaldo Bernad, supongo.

—En efecto —respondió Ansaldo mirando al militar distraídamente—. ¿Con quién tengo el honor de hablar?

El tono irónico no pasó inadvertido para el capitán. No le pilló por sorpresa. Se imaginaba la opinión que tenían formada aquellos hombres sobre los tribunales militares. Militares acusándoles, defendiéndoles, y finalmente, condenándoles. Ellos se lo guisaban y ellos se lo comían.

—Soy Mariano Nasarre, capitán del Regimiento del Infante. He sido designado para defenderle en el consejo de guerra que se instruirá contra usted y dos de sus compañeros, dentro de un mes como muy tarde. Ahora…

—¿Y si me niego a colaborar con usted? —le interrumpió Ansaldo, mientras se acercaba hacia él cojeando ostensiblemente.

Mariano le miró fijamente. Llevaba Ansaldo en el rostro, debajo de los pómulos, dos marcas amarillas que ya comenzaban a desaparecer. Sus ojos se posaron sobre aquella mirada cansada. Se imaginó lo que seguramente habría bajo la ropa. «Los interrogatorios debieron ser terroríficos», pensó para sí mismo.

—Eso es lo que pretendía decirle, antes de que me interrumpiera. Usted puede rechazarme, si quiere. Yo me iré a mi casa con la conciencia tranquila. A usted le asignarán otro defensor, quizás con menos ganas que yo de batirse el cobre por su suerte. Yo «sólo» le prometo dedicación a su causa y lucha hasta el final. Se puede conseguir una condena «razonable», pero la situación es muy grave, no voy a engañarle... Ahora, usted decide.

Ansaldo se volvió a sentar a los pies de la cama. Se atusó el pelo con las manos, igualándolo. Pareció reflexionar un instante, antes de contestar:

—Bueno… Supongo que debería aceptar, ¿no?

Mariano notó cierto abatimiento. No contesto inmediatamente. Se acercó hasta él, despacio.

—¡Vamos! Ansaldo. ¡Ánimo! —le puso la mano sobre el hombro, y se sentó a su lado—. Ahora nos toca trabajar la defensa. Necesito que sea conmigo todo lo sincero como le sea posible. ¿Ha tenido contacto con alguno de sus compañeros desde que está aquí?

—Hemos estado totalmente incomunicados.

—Lo imaginaba. Otra cuestión: corren rumores de que pertenecéis —tuteó por primera vez a Ansaldo— a una facción anarquista llamada *Sauce*, o algo parecido. ¿Es cierto?

—Sí.

—Pues eso hay que negarlo categóricamente. No interesa que os relacionen con movimientos anarquizantes. El robo se planeó por necesidad económica ¿De acuerdo?

—Somos anarquistas, pero fue la necesidad la que nos empujó a ello. ¿Sabe cuántos hijos parió mi santa madre? Trece. Demasiadas bocas que alimentar, incluso para los que tienen recursos. Imagínese la situación en una familia sin ellos.

El silencio del abogado fue significativo. Mientras tomaba apuntes, preguntó:

—Tengo entendido que no participaste en el tiroteo. Háblame de ello.

—Poco hay que hablar sobre eso. Samuel y yo abordamos al viejo. Yo le golpeé con la porra, mientras él le quitaba el dinero. Luego, cuando todo se complicó… ¡Maldita sea!... El caso es que salí huyendo. Lo que siguió yo no lo viví… aunque no es excusa.

—Samuel Entrena no ha sido encontrado ¿Lo sabías?

—Sí. Feliciano, uno de mis hermanos, me lo confirmó hace unos días. También me dijo que había recibido una carta de Emeterio Molina, explicándole cómo sucedió todo. En ella le detalla que fui yo quien golpeó al cobrador y que cree que Ignacio es el autor involuntario del disparo que acabó con la vida del muchacho, aunque sobre eso tiene dudas.

—Me interesa conservar esa carta, Ansaldo. Puede ser que necesitemos darla a conocer en el transcurso del juicio.

—Hable con mi hermano.

El capitán Nasarre se levantó, y Ansaldo le imitó. Se dieron la mano. Mariano recibió aquel apretón pleno de vigor y calidez. Se miraron a los ojos con franqueza.

—Fuiste muy maltratado, ¿verdad?

—Pude resistirlo, después de todo. Y el mismo número de letras tiene un *sí* que un *no*. De todas maneras, no culpo a los que se van de la lengua. No es fácil resistir...

—¡Hasta pronto, Ansaldo! —dijo Nasarre.

—¡Adiós!

El abogado golpeó con la palma de la mano la puerta tres veces. Después de unos instantes, unos pasos se detuvieron frente a él, al otro lado de la puerta.

20

Lunes, 22 de agosto.

Tumbado sobre la astrosa cama, con la vista puesta en el techo, Ignacio Páez reflexionaba sobre su situación, sombrío su semblante. Por su cabeza desfilaban continuamente las tortuosas imágenes del momento de su detención. Los gritos de Encarna con su hija en brazos mientras él arremetía con violencia contra los policías. Luego, los interrogatorios, los golpes. Y vuelta a empezar, una y otra vez. No recordaba cuanto tiempo lo tuvieron así, torturándolo; mofándose de él. Insultando a su familia; recordándole las penurias por las que pasaría su pequeña cuando a él lo ejecutaran. Al final, la confesión, negando la autoría del disparo que acabó con el chico. Él insistía una y otra vez en su inocencia. Sostenía que su disparo se fue alto. En el momento de apretar el gatillo, observó cómo el cabo hizo un movimiento extraño, arrodillándose. En un principio creyó haberle alcanzado. Entonces vio brotar un fogonazo de entre las manos del militar, seguido de un estampido, casi una prolongación del suyo. Instantes después, el chico se desplomaba. Los brutales golpes propinados por Matután no fueron bastantes para hacerle cambiar su declaración sobre ese punto. «Te va a dar lo mismo —le advirtió el inspector Cárdenas—. Tengo al menos tres testigos que no dudarán en jurar por sus muertos más recientes que fuiste tú el cabrón que mató al crío».

Su abogado defensor, el capitán Publio Márquez, un tipo alto y relamido, de pelo corto y aladares rasurados, no le había ocultado la gravedad de la situación. Como militar, percibía de primera mano el clima hostil reinante dentro del cuerpo contra los movimientos sindicalistas, soliviantados con la ola de robos y atentados anarquistas de los últimos años. No habían elegido el mejor momento para hacer lo que hicieron, no. «La cuestión primordial es salvar la cabeza, Ignacio. Eso es lo que nos ha de importar ahora. Y no va a ser coser y cantar, desde luego...», le advirtió el letrado en su última visita.

Faltaban algunos días para cumplir un mes en la prisión. Incomunicado del resto de presos, los días se le hacían océanos. Tan sólo un par de visitas de su abogado, y una de Encarna, su mujer, de apenas diez minutos, le unía con el exterior. Mejor así. La amargura que sintió al despedirse de ella fue peor que las hostias recibidas de ese tal Matután, o como quisiera que se llamase aquel puto gorila. El recuerdo de su hija le quemaba la sangre. Lo peor eran las noches. Las pasaba de claro en claro, escribiendo cartas a su familia que más tarde rompía.

Deseaba que llegara el juicio de una vez por todas para acabar con aquella pesadilla. ¡Si por lo menos pudiera encontrarse con Ansaldo!... Y con ese cabrón de Emeterio. ¡Cómo los necesitaba en ese momento!

Sus párpados temblaron nerviosamente y se cerraron. Después de todo, se había quedado dormido.

21

Martes, 23 de agosto.

El carcelero condujo a Emeterio hasta su celda. Caminaba torpemente, incomodado por el cepo de los tobillos que le obligaba a acortar excesivamente sus pasos. Apenas el guardián hubo cerrado la puerta, Emeterio se sentó en el suelo; apoyó la espalda en la pared y rodeó con los brazos sus piernas flexionadas, casi pegadas las rodillas al pecho. Comenzó a llorar en silencio, mordiéndose el labio inferior con fuerza. Acababa de recibir la visita de su madre. Desde el momento de su detención no la había vuelto a ver, y de eso hacía ya más de un mes. La encontró en una situación lamentable. La mujer a duras penas se mantenía en pie. La acompañaba una sobrina, quien la conducía del brazo permanentemente. A su delicado estado de salud se le unía ahora la amargura por la situación del hijo, con la vida pendiente de un hilo. A Emeterio le costaba mirar a su madre, de puro avergonzado. Sabía por lo que debía estar pasando ella, expuesta a las miradas furtivas y a las continuas murmuraciones de los vecinos del barrio.

—¿Acaso te dimos algún mal ejemplo, tu padre o yo, mientras te criábamos, hijo del demonio? —le había recriminado con dureza, mirándolo fijamente a los ojos, antes de comenzar a llorar amargamente.

Emeterio bajó la vista.

—Esto no tiene nada que ver con usted ni con sus principios, madre —contestó tras unos instantes, roto por la emoción. Luego, haciendo un esfuerzo por animarla, siguió:

—Ahora, madre, lo que interesa es salir de aquí. Por otra parte, creo que he tenido suerte, después de todo. Se ocupa de mi caso el comandante Langarita, que, según tengo entendido, fue uno de los abogados que se hizo cargo de uno de los implicados en el atraco al expreso de Andalucía, años atrás. Además...

Se interrumpió de repente. Si seguía hablando, acabaría por estropear lo que estaba intentando, esto es, animar a la pobre mujer. Era del dominio público que, en aquella ocasión, los reos fueron ejecutados. Y eso que el defendido de Langarita era hijo de un alto mando de la Guardia Civil. Pues ni siquiera eso le salvó del garrote...

—Y usted, madre, tenga esperanza. De una forma u otra saldremos adelante. *«La fortuna ayuda a los fuertes»,* decían los clásicos.

—¿De qué fortaleza me hablas, alma de cántaro? —Aulló la madre, fuera de sí— ¿De la mía, que apenas aguanto de pie siquiera unos minutos? ¿O de la tuya, que llevas dando tumbos desde que murió tu padre, que Dios lo tenga en buen sitio, y no has parado hasta dar con tus huesos en la cárcel? ¿Eh? ¡Dímelo!

Emeterio no supo que decir. Los reproches de la madre le causaron un profundo pesar.

—Cuida de mi madre, Merceditas —le dijo a su prima, con voz ronca—, mientras estoy aquí. Y, por favor, no la dejes sola.

Después de un largo silencio hizo un gesto al guardia, que,

acompañando al reo, dio por finalizada la entrevista.

22

El *Ambos Mundos* estaba animado aquella tarde, como de costumbre. El viejo café era habitual centro de reunión de buena parte de la burguesía de la ciudad. Tampoco faltaban militares que, con y sin graduación, habitualmente iban a la caza de secretarias y modistillas que frecuentaban el enorme establecimiento, uno de los más grandes de Europa, como rezaba el pomposo *slogan* de la fachada. A pesar del lujo de su interior, los precios eran bastante populares, por lo que siempre estaba muy concurrido. El local, de forma rectangular, se hallaba jalonado por tres filas de columnas primorosamente ornamentadas que sustentaban casi en el cielo el preciosista artesonado. Largas hileras de mesas, redondas y cuadradas—predominaban las últimas sobre las primeras— cruzaban el café de parte a parte. Un ejército de camareros iba de mesa en mesa portando sus bruñidas bandejas, embutidos en blancos mandilones. En uno de los rincones de la sala, convenientemente alejados del escenario desde el que los músicos amenizaban la tarde, los tres hombres se habían citado aquella tarde. A pesar del discreto recoveco en el que estaban ubicados, y a que los tres iban de paisano, no pudieron evitar los saludos de algunos militares próximos a ellos. El comandante Luis Langarita dio un largo trago al vaso de güisqui que sostenía en la mano. Lo paladeó con delectación. Era un hombre más bien bajo, de cuerpo cuadrado; nada esbelto. Su cabeza, redonda como una sandía, mostraba amplias entradas, y ya una incipiente coronilla se apresuraba a marchas forzadas a sus escasos cuarenta años. Los rasgos del rostro eran amables, y de él destacaban sus ojos, de un azul muy intenso, casi transparentes, y de mirada directa, un tanto intimidante. Cuando hablaba, asomaban a sus labios dos uniformes hileras de dientes, diminutos como granos de arroz. Frente a él, muy cerca el uno del otro, los capitanes Nasarre y Márquez le escuchaban en silencio mientras apuraban sendos vasos de espumosas cervezas.

Anteriormente, los tres letrados habían mantenido algunas reuniones para planificar la defensa. Las discrepancias entre Ignacio y Emeterio, trasladadas ahora a sus defensores, les impedían formar frente común en la causa. Al defensor de Ansaldo, Nasarre, le interesaba sobremanera, pues su defendido, al darse a la fuga, quizá pudiera ser acusado solamente de los golpes al cobrador, viéndose libre de los demás cargos.

—Supongo, que a ninguno de nosotros se nos escapa la dificultad de eludir la pena última, máxime después de conocer quién ha sido designado fiscal del caso —dijo Langarita, mirándoles fijamente a los ojos—. Creedme si os digo que aquí hay un especial interés en condenarlos a muerte.

Los otros dos asintieron gravemente. Habían oído hablar del comandante Tomás Piquer, un carca reaccionario de la vieja guardia. Y muy respetado, cuando no temido. Tras un breve silencio, Nasarre apostilló:

—Ciertamente, es un problema añadido, compañeros. Sin embargo, aun a riesgo de que me tachéis de ingenuo, ahí están las condenas por el atraco al cobrador de una compañía de seguros, en Tarragona. Recordad que lo asesinaron para robarle, y así y todo, a los culpables «tan sólo» les cayó la perpetua. Y la del asesinato al habilitado del clero, en Sevilla, que…

—Mucho me temo que esas referencias no nos servirán de gran cosa, amigo —le cortó Langarita—. Esos dos casos fueron la excepción que confirma la regla. A partir del crimen del «expreso», el Gobierno endureció las leyes, como bien sabéis.

Y, desde entonces hacia acá, los indultos son rarísimos.

El comandante recordaba bien el caso, no en vano defendió a uno de los encausados. Unos individuos asaltaron el vagón que transportaba las valijas del correo, además de dinero contante y sonante. Uno de ellos —su defendido, en concreto—, que había sido empleado de correos y compañero de los vigilantes, les convenció para que les dejaran viajar con ellos en el vagón. El caso es que tras asesinar a los dos hombres abandonaron el tren mucho antes de que éste llegase a su destino. Al final, tres sentencias de garrote vil para tres de ellos —que se ejecutaron de forma casi inmediata— y veinte años de prisión para un cuarto, que no había participado activamente en las muertes.

—Antes de entrar en materia, deberíamos aclarar algunos puntos —intervino Márquez— en torno a la declaración que le sacaron a tu defendido, Luis, en la que confesó sus dudas sobre quién alcanzó al muchacho…

—Ya he hablado con él sobre ese punto —contestó Langarita—. Lo hizo forzado por la policía. No dejaron de maltratarlo hasta que declaró lo que más se acercaba a sus intereses. ¡Y no creáis que quedaron del todo satisfechos! Todos sabemos cómo se las gastan en los calabozos… Ahora, toca desdecirse en el juicio, alegando coacción policial.

Mariano Nasarre dio un giro a la conversación al exclamar:

—Deberíamos, compañeros —siempre le afloraba la dichosa coletilla—, unificar criterios. ¿Dónde creéis que deben fundamentarse nuestras defensas?

—En «terés» puntos —contestó Márquez, vocalizando muy despacio la palabra «tres», para evitar pronunciarla defectuosamente.

Desde niño arrastraba una dificultad vocal que le impedía pronunciar cualquier palabra que contara con una consonante que precediese a la «erre». Lejos quedaban los tiempos en que recurría al circunloquio para evitarlas, pues lo que por un lado trataba de esconder, se mostraba más aparente por el otro. Con el curso de los años había solucionado el problema razonablemente, pronunciando muy despacio y «estirando» la palabra en cuestión cada vez que se topaba con una de ellas.

—«Pirimero» —las malditas «erres» parecían acosarle—, negar cualquier tipo de militancia anarquista. En segundo lugar, «cre-ear» una duda razonable sobre quién disparó la bala que acabó con el muchacho; y por último, y no menos importante —le palpitaban las rapadas sienes al hablar—, alegar haber cometido el delito por la situación de necesidad en que se «encontaraban».

—Esos tres puntos son importantes, sin duda —intervino Langarita—. Pero olvidas la cuestión capital de este caso. La delgada línea que puede decantar la balanza hacia un lado o hacia el otro: hacia el garrote o, en el mejor de los casos, hacia una larga condena en prisión.

Nasarre y Márquez escuchaban con cierto desenfado. Conocían la verborrea salpicada de histrionismo del comandante. Nasarre hizo un movimiento de cabeza, asintiendo. Langarita dedujo por el gesto que el capitán había adivinado de qué se trataba.

—El abuso de superioridad —se adelantó Nasarre.

—¡Ah, joder! ¡Cierto! —exclamo Márquez, dando un ligero golpe en la mesa, molesto consigo mismo por no haber caído antes.

—¡Felicidades, Nasarre! —Concedió Langarita, con media sonrisa—. En efecto: el abuso de superioridad. Ahí está el quid de la cuestión. Lo que nos hará vencedores o vencidos, aunque *a priori* pueda parecer un asunto menor.

—¿Tan difícil nos ha de resultar «demostarar» que no hubo abuso de superioridad? —Preguntó Márquez.

—Depende. Has de saber, amigo mío, que al hombre al que

golpearon, lejos de ser un oponente temible para ellos, es un hombre entrado en años, y de aspecto apocado. Pudieron ahorrarse alguno de los golpes. Ya veremos cómo interpreta este dato el tribunal.

—Sí, pero —medió Nasarre— está acreditado en el sumario que las pistolas no salieron a relucir hasta mucho después, cuando iniciaron la huida.

—¡Cierto, cierto! En fin. Ya veremos... —dijo Langarita, zanjando el tema.

Márquez preparó su billetera, mientras hacía un gesto a uno de los camareros, al que conocía de otras tardes. Éste se acercó hasta la mesa. Con un billete de cinco pesetas en la mano, el capitán le inquirió con cierta familiaridad:

—¿Qué le debo de las bebidas, Antonio?

—Sus consumiciones ya han sido abonadas, caballeros…

La noticia sorprendió a los tres hombres.

—Pues, ¿a quién debemos la gentileza, compañero, para agradecérselo como es debido? —preguntó Nasarre, sonriente.

—Se trata del caballero de aquella mesita; el pelirrojo flacucho aquel, al que le acompaña ese otro con pinta de gorila —les informó el empleado con una pizca de gracejo.

En ese momento, los dos hombres se levantaban de la mesa. El más delgado cogió el sombrero de la silla, y con un leve asentimiento de su cabeza les mandó un saludo. Una sonrisa siniestra afloró en sus delgados labios. Sus ojos centellearon por un instante mientras se encaminó hacía la salida. El gorila, con la gabardina colgando del brazo, les lanzó una mirada, mezcla de odio y desprecio, antes de seguir los pasos del otro.

Los tres hombres quedaron suspensos durante unos segundos. Márquez preguntó:

—¿Alguien conoce a esos «hómberes»?

—Sí. Os presento al inspector Venancio Cárdenas y a su fiel «perrito» Matután —respondió Langarita.

TERCERA PARTE

23

26 de junio de 1910, domingo.

El viejo portón del barracón se encontraba entornado. De cuando en cuando asomaba una cabeza, vigilando el exterior. Las exaltadas voces que de allí salían difícilmente podían ser oídas, pues la distancia hasta el pueblo era considerable. Dentro, gran parte del campesinado había sido llamado a reunirse por una pareja de anarquistas pertenecientes a Solidaridad Obrera. Recién habían llegado desde Barcelona, atendiendo a la petición de ayuda que Ezequiel Pérez, vecino de la localidad, y sindicalista como ellos, les demandara tiempo atrás. La situación de pobreza de los jornaleros, de diez años a esta parte, era insostenible. Las tierras que rodeaban el poblado eran, no obstante, ricas y feraces, enclavadas entre las vegas del Jalón y el Jiloca, y dedicadas en su mayor parte al cultivo de maíz y trigo. También abundaban olivares y árboles frutales. El problema estaba en la propiedad de la tierra, perteneciente casi en su totalidad a un solo dueño.

Federico Cárdenas, el latifundista en cuestión, era también propietario de la azucarera, por lo que la práctica totalidad de los lugareños trabajaban para él. Era un hombre temido, y en consecuencia odiado, por sus malas artes a la hora de acumular propiedades, ofertando sumas ridículas a sus antiguos propietarios, que acababan por vender; los más modestos, obligados por sus pocos recursos económicos; otros, «aconsejados» por las autoridades del pueblo, claramente de parte del cacique.

Los miserables sueldos que pagaba mataban de hambre a la mayor parte de sus empleados, que se sentían esquilmados. Y eso tenía que acabarse.

Federico no era rico de cuna, sino más bien todo lo contrario. Como buen gallego, había hecho las Américas en el último tercio del siglo pasado, en busca de fortuna. La halló en Cuba, como comisionista en el negocio capital de la isla: la caña de azúcar. Regresó poco antes de la guerra contra España, empujado por su intuición, que pocas veces le fallaba. Al «Indiano» —así le llamaba todo el mundo— le enamoró la zona y decidió instalarse definitivamente. Pronto venció los recelos de la gente, ganándose el respeto de los poderes fácticos de la comunidad con varios golpes de efecto: restauró la ruinosa iglesia, construyó una nueva escuela, y acondicionó y donó una vieja torre como puesto de descanso para las patrullas itinerantes de la Guardia Civil. Se hizo construir una casona de estilo colonial, con dos plantas y un amplio jardín jalonado de palmeras. Tan sólo le faltaba una esposa, que encontró sin muchas dificultades, procedente de una de las familias principales de Calatayud, ciudad a tiro de piedra del pueblo. La elegida, una elegante dama de cobrizos cabellos y rostro angelical se llamaba Angelina Simón, a quien deslumbró con sus ínfulas de nuevo rico antes que por sus cualidades físicas, pues al feo color macilento de su piel se le unía un cuerpo rechoncho y una prominente panza que bamboleaba al andar, pues además era renco. Tanto la frecuentó, que cuando quiso darse cuenta se había enamorado perdidamente de ella.

Apenas llevaban un año de matrimonio cuando nació su único hijo: un varón —pelirrojo, como la madre — de aspecto enclenque, al que llamaron Venancio. Corría por entonces el año 1899.

24

—¡Esto tiene que acabarse! —concluyó Ezequiel.

La gente corroboró la encendida arenga del joven con gritos de aceptación. La mayoría daba muestras de estar de acuerdo. Necesitaban un líder que dirigiera sus reivindicaciones al patrono, y él demostraba ser la persona indicada. Su valentía, rayana en lo temerario, se tornaba en defecto más que en virtud, pero era lo que necesitaban aquellos hombres, temerosos individualmente, pero potencialmente peligrosos si se unían.

Entre la multitud, una voz sobresalió del murmullo general para preguntar:

—Todo eso está muy bien, Ezequiel, pero... ¿Qué podemos hacer nosotros?

Ezequiel esperaba la pregunta. Sonrió a los dos forasteros que tenía a su lado:

—Para eso han venido los dos compañeros desde Barcelona. Tan sólo os diré, a modo de presentación, que fueron parte activa en la llamada «semana trágica» de Barcelona, ocurrida el año pasado, como algunos recordaréis...

Efectivamente, los acontecimientos ocurridos en buena parte de la provincia catalana en el verano de 1909 tuvieron resonancia internacional. Los hechos fueron provocados por la impopular medida que adoptó el Gobierno de movilizar a reservistas —hombres ya licenciados del Ejército, con hogar y una familia establecida, en su mayoría, y a la que dejaban en precaria situación— para contrarrestar el varapalo que las fuerzas patrias habían sufrido en el Marruecos español, a manos de las fuerzas indígenas. En Cataluña, zona especialmente sensibilizada y contraria a la política colonialista del Gobierno, se produjeron protestas y amotinamientos. De ello derivó una huelga general, promovida por el movimiento anarquista Solidaridad Obrera, lo que provocó la quema de numerosas iglesias y conventos. El Gobierno español proclamó la Ley Marcial y Cataluña quedó aislada del resto de España. Tras sofocar el motín, se desencadenó una gran represión contra los conspiradores, fusilando a cinco de ellos, entre los que se encontraba el líder libertario Francisco Ferrer Guardia, a quien juzgaron y condenaron en un proceso repleto de irregularidades y testigos falsos.

Uno de los dos hombres, Augusto Figuls, con una frondosa barba que recordaba a los ácratas soviéticos del siglo anterior, tomó la palabra para responder a la pregunta que había quedado en el aire:

—Lo único que se puede hacer en estos casos. Una huelga…

—Eso sí; debe ser secundada por todo el mundo —apostilló Daniel Sort, el otro —. Se decide a mano alzada, para evitar que nadie sienta la tentación de recular después. La huelga tiene que ser por sorpresa, de un día para otro, para que dé sus frutos. Nada de darles tiempo a que incorporen mano de obra de fuera.

—«Esquiroles» los llamaría yo —dijo Augusto.

Ezequiel escuchaba en silencio. Sus pequeños ojos verdes iban de aquí para allá, sin perder detalle. En ellos se leía la ausencia de miedo. Era hombre de hechos más que de palabras. Su tez morena y su abundante cabellera ensortijada hacían de él pieza codiciada entre las féminas del lugar. Era menudo de estatura y amplio de tórax; sólido de osamenta. Tomó de nuevo la palabra:

—¡Compañeros!: Las reivindicaciones son las siguientes: reducción de la jornada a diez horas, aumento de los salarios en un quince por ciento, y medio día de fiesta semanal, además del dominical.

—Eso son cincuenta y cinco horas cada semana —terció alguien con escepticismo—. ¿Quién aceptaría eso?

—No está muy lejos, compañeros, el día en que veamos la jornada de ocho horas. Aunque ahora parezca un disparate —exclamó Sort.

—¡Ocho horas! —Exclamó la misma voz.

El murmullo se extendió por todo el almacén durante algún tiempo. Ezequiel volvió a hablar:

—¡Atención; escuchadme todos! Los que creéis que debemos seguir adelante con esto, levantad la mano.

Más de diez hombres levantaron la mano sin vacilar. Los demás, como por contagio, fueron sumándose. Tras unos instantes, no quedaba nadie que no estuviera de acuerdo.

—Entonces, sólo nos queda hablar con el patrón —dijo Ezequiel.

25

—¡Venancio! ¡Venancio!

—¡Dígame, padre! —contestó el niño, presto a la llamada de Federico. El chaval, pelirrojo y pecoso como la madre, y poco desarrollado para su edad, esperó con la ansiedad propia de los niños, a la vera del padre. Acababa de cumplir once años e imaginó que aquello tenía que ver con su regalo de cumpleaños. Sentía devoción por su padre, incluso más que por la madre, que no se andaba con remilgos a la hora de castigarle. Federico era el que lo malcriaba, mientras Angelina luchaba tenazmente en la tarea de reeducarlo constantemente.

—Venancio, hijo… ¿Sabes que no recuerdo cuando es tu cumpleaños? ¡Esta memoria mía! —dijo, con mal disimulado gesto de contrariedad.

—Hoy los cumplo, padre —Venancio fingió candidez, siguiendo el juego del progenitor—. Es decir, esta mañana a las nueve y cuarto, según dice madre…

—Siento no haberme acordado, *rapaciño*. El caso es que, últimamente, anduve muy ocupado, y no pude encargar ningún regalo. Pero no te preocupes, hijo; el año que viene está a la vuelta de la esquina y…

El relincho de un caballo llegó nítido hasta ellos. Venancio corrió hasta la cristalera que daba al exterior. En el jardín, amarrado a un árbol, un caballo castaño de pequeña alzada piafaba, golpeando el suelo una y otra vez con las patas delanteras. Las largas crines azotaban el cuello del animal a ambos lados. El equino iba dotado de los arreos y la silla, preparado para la monta.

—¡Un poni! —gritó Venancio, grandemente alborozado, desde el ventanal. Corrió hasta su padre, y le abrazó por la cintura— ¡Gracias, padre!…

—¿Un poni?... Un caballo de pura raza *galega*, querrás decir. Traído de la Sierra del Xistral expresamente para ti, hijo —exclamo el padre, orgulloso.

El niño salió corriendo al jardín. El padre lo siguió, henchido de satisfacción. Se llegó hasta él, que ya tenía suelto el ramal de la caballería y un pie en un estribo. Federico aupó a su hijo hasta la silla con suma facilidad, dada la poca altura del animal. Ahora tenía que demostrar todo lo aprendido meses antes, cuando le hizo tomar clases de manos de un arriero del pueblo, precisamente para cuando llegara el momento. Y ese momento había llegado.

—¿Puedo… dar un paseo, padre?

—¡Claro que sí, rapaz! Pero no más lejos del camino al pueblo. En no más de una hora empezará a anochecer. Además, tu madre tiene que estar a punto de llegar de Calatayud, y no conviene que te vea solo por ahí fuera; así que ¡Hala!

Venancio dio unos tímidos golpecitos con la palma de la mano en el ijar del caballo, y el animal se puso en marcha mansamente. Su padre abrió la pesada valla de la entrada. Momentos después, dueño y caballo franqueaban la puerta de la finca y desaparecían de la vista de Federico.

Apenas había transcurrido media hora cuando el terrateniente oyó bullicio fuera de la casa. Desde la puerta distinguió un numeroso grupo de hombres. El corazón le dio un vuelco. Rápidamente pensó en Venancio, y temió que le hubiese ocurrido algún percance. Salió corriendo hasta la entrada de la finca. Tras la verja de hierro, en medio del camino, se concentraba una gran cantidad de gente. Reconoció a la mayoría: casi todos trabajaban para él; algunos, en la azucarera; los más, en las tierras de labor. Al frente de ellos iba Ezequiel, junto a dos desconocidos. No le sonaban sus caras. «Forasteros», pensó. Receló al descubrir las adustas miradas de aquellos hombres. Antes de abrir la boca, Ezequiel se acercó a la verja.

—Tenemos que hablar de salarios, Federico, si quiere que acudamos a trabajar mañana —le espetó, mirándole fríamente a los ojos, a través de los barrotes.

Federico Cárdenas lo comprendió todo. Ese maldito Ezequiel, a quien tenía que haber echado de una patada en el culo hacía tiempo. Siempre tuvo la sospecha de que iba malmetiendo entre los obreros de la fábrica. Más tarde, sus sospechas tomaron cuerpo cuando uno de sus capataces le puso sobre aviso acerca de las reivindicaciones que iba «repartiendo» entre sus empleados: «Ese Ezequiel tiene muchas leyes, don Federico. Haría usted bien en quitárselo de encima». Lo peor vino dos días después, cuando Federico mandó llamar a Ezequiel a la oficina:

—Se ha ausentado, don Federico… —le aclaró el capataz, como cogido en falta—. Tenía que llevar un saco de azúcar a la casa de usted, por orden de la señora… Creí que usted ya lo sabía…

Federico disimuló, golpeándose la frente con la mano, como si acabara de recordarlo. Pero su rostro estaba lívido. Regresó a casa antes de lo acostumbrado. En la puerta se cruzó con Ezequiel. Los dos hombres cruzaron sus miradas un instante. Ezequiel bajó la vista, mientras le saludaba moviendo ligeramente la cabeza, en una especie de reverencia. Dentro, su mujer estaba sentada, de espaldas a la entrada. Por la posición envarada de su cuerpo, a Federico se le antojó que estaba abrochándose los botones del vestido.

Sintió que se ahogaba. Tomó aire. Su mujer lo miró con una mueca que Federico no supo o no quiso descifrar. Estaba radiante, con la tez ligeramente sonrosada, más de lo habitual. Federico la odió en ese momento. Y también supo que la amaba desesperadamente, y que nada de lo que le hiciera aquella mujer podría cambiar eso.

—Al menos, podrías evitar traerlo a mi casa —dijo él, con voz temblorosa, conteniendo a duras penas su ira.

Como ella no contestara, Federico fue aumentando gradualmente, a medida que hablaba, el tono de su voz:

—Quizás sientas curiosidad por saber cómo me he enterado… ¡Es gracioso! Le mandé llamar para despedirle... y me entero que está en mi casa, ¡y con mi mujer!

Como ella no contestara, siguió:

—Entonces… ¿No tienes nada que decir?

Tras una interminable pausa, la voz de la mujer sonó serena pero firme, como un ultimátum:

—¡Sí!... Si despides a ese hombre, despídete de mí también. Y sabes que lo que digo, lo cumplo.

26

Aquellos recuerdos laceraban su corazón, cada vez que acudían a su mente. Federico trató de ganar tiempo:

—¡De acuerdo! —contestó a Ezequiel.

—Espere, Federico... Eso no es todo. Me acompañan estos dos hombres. Nos están ayudando en nuestras... iba a decir exigencias, pero en realidad son...

—Derechos —intervino Figuls.

El terrateniente se fijó en los dos forasteros. Estaba claro que eran anarquistas. No sabía de donde salían, pero proliferaban como las setas. Iban de un lado para otro, como apátridas, emponzoñando con sus ideas las almas de la gente, con el rollo ese de las colectividades. ¡Pero a él no le engañaban! No eran más que miserables parias que no tenían donde caerse muertos; dispuestos a apropiarse del patrimonio de los que tenían más que ellos. ¡Como si uno hubiera nacido rico! Pero si pensaban que él, Federico Cárdenas, se iba a dejar robar por semejante escoria, andaban listos...

—¿De qué derechos me habláis?

—Del derecho que tiene cualquier hombre a una jornada de trabajo justa y un salario digno, que le dé para dar de comer a sus hijos, si los tuviera —contestó Daniel Sort.

Federico estudió la situación. Si mostraba debilidad ahora, lo tendrían cogido de la oreja para siempre. Todo lo que tenía que hacer era llegarse hasta la casa y empuñar el revólver. ¡Él les enseñaría a esos tres!... ¡Camino iba a faltarles para volver corriendo hasta su casa, por lejos que les pillase, con la puta que los parió!...

—¡Está bien! —exclamó, esforzándose en dar a su voz un tono amistoso— Todo es negociable. Disgregad a los hombres, y entrad los tres.

Ezequiel interrogó con la mirada a sus dos compañeros, quienes parecieron estar de acuerdo.

—Volved todos al almacén y esperad noticias nuestras. No tardaremos —expuso Ezequiel al nutrido grupo de hombres.

Entretanto, Federico abrió la verja y los condujo hasta la casa. Ya en el recibidor, les invitó a sentarse:

—Si os apetece tomar un trago, podéis serviros vosotros mismos —les dijo, señalándoles un anaquel surtido de bebidas—. En unos minutos estoy con vosotros.

Subió a su habitación, y de uno de los cajones de la cómoda sacó un revólver, un *Smith & Wesson*, del *44*. Lo trajo de Cuba, y lo conservaba como oro en paño, pues no en vano en alguna ocasión le ayudó a salir con bien de un mal paso. De otro de los cajones sacó una caja con munición. Hizo rodar el tambor, y luego lo cargó. Lo guardó bajo las ropas, en la zona dorsal, sujeto por la cinturilla del pantalón. Federico puso su mano sobre la frente. Le ardía. Pero no se sentía enfermo: todo lo contrario. Un sentimiento de euforia se había apoderado de él. Tenía la ocasión de hacerle pagar a Ezequiel las afrentas recibidas. De matar tres pájaros de un tiro. ¡Qué estúpidos habían sido al quedarse a solas con él! La coartada resultaba perfecta: tres hombres en su casa, intentando robarle. Luego, los disparos, en defensa propia. Sin testigos, y con las autoridades de su parte, ¿qué tribunal podría condenarle?

Para evitar complicaciones, debería tener especial cuidado con los dos forasteros; como anarquistas que eran, no sería nada extraño que fuesen armados. Ellos serían los primeros. En cuanto a Ezequiel…

Oyó pisadas de caballo. A través de una ventana vio a su hijo, que acababa de llegar. Bajó las escaleras para salir a recibirlo. Venancio entró risueño, contándole su aventura al padre. Al ver a los tres hombres se interrumpió. Federico le explicó:

—Ahora, Venancio, debo arreglar unos asuntos con estos señores; así pues, despídete de ellos y sube a tu cuarto. Más tarde hablaremos de tus peripecias por ahí afuera.

El chaval hizo un gesto que pretendió ser un saludo, aunque sonó a protesta.

—¡Ah, *rapaces*! —suspiró Federico, siguiendo con la mirada al chico, hasta que se hubo retirado— ¡Bueno, señores! Ustedes dirán que les trae por aquí…

—Usted lo sabe igual que nosotros, Federico. Queremos sueldos dignos para todo el pueblo —contestó Ezequiel.

—¿Dignos? ¿Y eso que significa? ¿De qué estamos hablando?

—Estamos hablando —dijo Figuls, el de las barbas tenebrosas— de un aumento del quince por ciento. Si sacamos una media de lo que ganan sus empleados al año, que viene a ser de treinta duros, estaríamos hablando de cuatro duros aproximadamente.

—¡Cuatro duros! —aulló Federico.

—Aparte de reducir la jornada a diez horas diarias. Tanto para los obreros de la azucarera como para los braceros de las tierras; sobre todo para éstos últimos, que están de sol a sol —terció Sort.

Federico permaneció en silencio. Como siguiera sin abrir la boca, volvió a intervenir Ezequiel:

—Debo aclarar, Federico, que no se trata de propuestas que deban estudiarse. Es un ultimátum que prácticamente la totalidad de los trabajadores hemos decidido de común acuerdo. Una negativa significará la huelga desde hoy mismo. Si acepta, todos tan contentos, ¡y aquí haya paz y después gloria!...

Federico permanecía de pie, dando pequeños pasos a un

lado y a otro, pensativo. De improviso, sacó el revólver y los encañonó. El terror se dibujó en la cara de los acompañantes de Ezequiel, a diferencia de éste, que pareció no inmutarse.

—La cuestión es que todos ganáis aquí —dijo Federico, sin quitarles ojo de encima—. Todos menos yo, claro. Ganan los trabajadores, que quieren «agachar el lomo» dos horas menos todos los días, y no contentos con eso también quieren ganar sus buenos cuatro duros más cada año. ¡Pues no se maman el pulgar, no!

Se acercó hacia los dos forasteros, y les señaló, moviendo el cañón del arma, gozando con sus rostros asustados:

—Ganáis vosotros dos, perros harapientos, que os valéis de los trabajadores para medrar a su costa. Les hacéis embarcar, y luego os quedáis en tierra. Y entre disertaciones y conferencias se os va la vida sin haber dado palo al agua.

Dejó a los dos para dirigirse a Ezequiel. Le cabreaba verlo tan dueño de sí mismo.

—Y tú, ¿qué ganas en todo esto, Ezequiel? Yo te lo diré: ¡Nada! Creíste que ganándote a la mujer del patrón me ganarías la partida. Te daré un consejo, aunque te advierto que tal vez te llega demasiado tarde: nunca muerdas la mano que te da de comer.

Ezequiel miraba fijamente a Federico. A pesar de su rostro serio, sus ojos asomaban burlones, lo que enfurecía cada vez más al hombre.

—Voy a hacerte una pregunta, y de la respuesta dependerá tu vida. ¿Has estado con mi mujer, o todo son imaginaciones mías? ¡Responde!

Como siguiera en silencio, con la misma mirada retadora, Federico le imploró a gritos, más que ordenarle:

—¡Te lo exijo, como hombre! ¡Contéstame o te mato aquí mismo!

—Si tanto la amas, te alegrará saber que fue muy dichosa

entre mis brazos —dijo Ezequiel.

—¡Hijo de perraaa! —gritó fuera de sí Federico, al tiempo que apretaba el gatillo.

Ezequiel extendió la mano en dirección al cañón del arma, mientras se incorporaba de un salto. La bala le arrancó el pulgar y se le incrustó en el abdomen, sentándolo de nuevo la fuerza del proyectil. Volvió a levantarse, y llegándose hasta Federico le dio un tremendo puñetazo en el pecho, encima del corazón, que le hizo perder la vertical justo cuando volvía a apretar el gatillo. El disparo salió muy desviado, rozando la oreja de Sort. Detrás de él, la garganta de Figuls emitió un sonido gutural, de atragantamiento. Se llevó las manos a las enormes barbas, que comenzaban a teñirse de rojo, mientras caía de lado. La bala le había traspasado el cuello. Federico se incorporó con dificultad. El arma había salido despedida, fuera de su alcance. Ezequiel lo agarró por la pechera y lo arrojó violentamente, yendo a dar de cabeza con el primer escalón de la empinada escalera que comunicaba con la planta superior. Quedó muy mal parado, con la cabeza abierta. Ezequiel, debilitado por la tremenda hemorragia, se desplomó de espaldas, cerca de él. A través del enorme orificio del vientre, la sangre le manaba a borbotones. Daniel Sort se incorporó del sillón. Todo a su alrededor se componía de sangre y muerte. El compañero Figuls yacía tumbado en el sillón, con las manos escondidas entre las barbas, atenazadas a su cuello. Unos metros más allá, Ezequiel Pérez aparecía boca arriba, sobre un enorme charco de sangre, con una especie de mueca en los labios, sus pequeños ojos verdes muy abiertos, y mirando con expresión burlona a ninguna parte.

A los pies de la escalera, el cuerpo de Federico se agitó. De pronto, su boca ensangrentada comenzó a balbucear:

—¡Venancio! ¡Venancio, hijo!, ¡los anarquistas… malditos! ¡Tú me vengarás…! ¡Venancio, hijo…! ¡Malditos… anarquistas!

Sort cogió el revólver del suelo. Se dirigió hacia la salida. De repente se detuvo y volvió sobre sus pasos. Se fijó en el cuerpo de su compañero Figuls. Luego, en el de Ezequiel. Mientras, Federico seguía con su balbuceo incansable. Se acercó lentamente hasta él mientras le decía:

—¡Que te den por el culo, Cabrón!

Apuntó a la cabeza y apretó el gatillo. El cuerpo de Federico se convulsionó. Sort dejó el revólver en el suelo, al lado de la mano derecha de Ezequiel. «A ti ya no pueden acusarte de nada, amigo», pensó.

En lo alto de la escalera, mordiéndose el puño para no ser oído, lloraba desconsoladamente tras presenciar la escena Venancio Cárdenas.

27

El inspector se despertó sobresaltado. Su cuerpo se había incorporado de la cama, como activado por un resorte. Se enjugó el sudor de la cara con las manos. Otra vez la maldita pesadilla había vuelto a visitarle. Tambaleante, llegó hasta el retrete, donde se refrescó con abundante agua hasta despejarse del todo. Orinó estruendosamente. Sentía reseca la garganta. Tomó un vaso de agua de un solo trago, y volvió al dormitorio. El reloj de la mesita de noche marcaba las cinco y cuarto de la madrugada. Volvió a acostarse, aliviado de que la recurrente pesadilla que tanto le angustiaba hubiese tocado a su fin, al menos por esa noche.

Dejó la luz encendida, pues pronto comenzaría el día para él. Hoy les formaban consejo de guerra a los tres anarquistas que detuvo dos meses atrás, y él formaba parte —crucial, además— de la pieza testifical. Aunque no fuera así no se lo hubiera perdido por nada del mundo.

A las ocho de la mañana estaba desayunando con su fiel edecán en un café próximo al mercado de Lanuza.

—¡Caray, jefe! No lleva muy buena cara esta mañana... Si no le conociera como le conozco, pensaría que los nervios por lo del juicio le han impedido pegar ojo —le dijo Matután.

—He dormido poco y mal, sí... pero no por nervios, precisamente, sino por ese maldito sueño que me persigue —le respondió Cárdenas.

—¿Sueño? ¿A qué sueño se refiere?

El inspector guardó silencio. Tras meditarlo bien, volvió a hablar:

—¿Te acuerdas, Matután, cuando en cierta ocasión me preguntaste acerca de mi aversión por el anarquismo y por todo lo que le rodea?

—Como si acabase de hacerlo ahora mismo, jefe. También de sus palabras finales: «Quizá algún día te lo cuente...».

Matután tiró de la cadena del reloj y consultó la hora.

—Bueno, tenemos bastante tiempo. Hoy puede ser ese día —decidió—. ¿Por qué no?

28

Martes, 4 de octubre.

La cárcel de Predicadores registraba una actividad mayor que otros días, no en vano aquella mañana se constituía el consejo de guerra contra los tres hombres. En una de sus dependencias, anexa a la sala donde se iba a celebrar la vista, se agolpaban algunos periodistas, mezclados con la gente, parientes de los acusados en su mayoría. Allí, formando corro, hablaban entre ellos, insuflándose ánimos unos a otros. Sus caras reflejaban gran preocupación. Por la parte de Ansaldo asistían sus padres, Miguela y Luciano, acompañados de dos de sus hijos, Feliciano y Sofía. Cerca de ellos se encontraba la esposa de Ignacio, Encarna, acompañada de su suegra, Apolonia, y de la cuñada, Elvirita. También Marina Diego, madre de Emeterio, se encontraba allí, a pesar de su delicado estado de salud. Le acompañaba Merceditas, su sobrina. Los abogados defensores Nasarre, Langarita y Márquez, ataviados con sus uniformes de gala, tutelaban en todo momento a aquellas pobres gentes, nada acostumbradas a tan embarazosa situación.

A las diez y media de la mañana, un guardia abrió las puertas de la sala de vistas. En su interior, los militares que componían el consejo de guerra ultimaban los preparativos. La diáfana sala se componía de doce largos bancos, seis a cada lado, y divididos por un pasillo. La sobriedad de los mismos confería cierto aire de iglesia a la habitación. Frente a los escaños, una enorme mesa, donde se ubicaban los integrantes del consejo. En medio de la mesa oficiaba un enorme crucifijo. El tintineo de los sables al mínimo movimiento de los oficiales producía escalofríos. A la izquierda de la mesa había un asiento solitario donde se tomaba declaración a los testigos.

Los reos Ansaldo y Emeterio, esposadas las manos por delante, fueron bajados por las escaleras desde la galería superior, fuertemente custodiados. Sus ropas, las mismas con las que fueron detenidos, aparecían poco presentables, muy usadas y algún tanto arrugadas. Dos guardias civiles abrían la comitiva. Detrás de los presos, cuatro soldados con las bayonetas caladas los escoltaban. Al pasar por el lado de sus parientes, algunos de ellos quisieron tocarles, evitándolo los guardias que abrían la marcha. Emeterio dirigió una sonrisa a su madre. Ansaldo hizo lo propio con Miguela, mientras le pedía calma. Fueron conducidos hasta el primer banco de la izquierda. Al otro lado del pasillo, el primer banco de la parte derecha quedaba reservado para las defensas. Ocupando el segundo y tercer banco se encontraban los testigos citados por el fiscal a declarar. En primer término aparecía el cobrador asaltado, Benedicto Osorio. En el centro, Rosa Arnau, la sirvienta que dio la voz de alarma, y a su derecha el sargento que mantuvo el tiroteo con los asaltantes, Adán Núñez, y el vigilante Benedí. El otro banco estaba ocupado por Florencio Gilaberte, portero del campo de futbol. A su lado, los dos obreros que participaron en la persecución, los hermanos Robustiano y Ramón Cuyás. Detrás de ellos, el inspector Cárdenas y su subalterno Matután no perdían detalle. El resto de asientos, a ambos lados, estaban destinados a los asistentes a la vista: familiares en su mayor parte, a quienes ubicaron diligentemente los abogados defensores.

El juez militar, el general Hilarión Reclús, veterano militar de enormes patillas en forma de culata de escopeta, dio a conocer la composición del consejo de guerra. Éste estaba presidido por el teniente coronel Vargas Barroso; como ponente, el teniente auditor Colás Ribera, y como fiscal, el comandante Tomás Piquer. Tres capitanes actuaban como vocales.

Citó a los acusados. Cuando nombró a Ignacio, Márquez contestó:

—Mi defendido se «encuéntara» un tanto indispuesto, señor «peresidente», por lo que se acoge a su derecho de no asistir a la vista.

Más que indisposición, Ignacio estaba muerto de miedo. A medida que iba acercándose el día, la situación comenzaba a hacérsele insoportable: simplemente, le rebasaba. Al fin y a la postre, sobre él recaía la acusación más grave, esto es, la de homicidio. Ante esta circunstancia, Márquez lo tuvo claro: «No asistas al juicio, Ignacio —le recomendó—. Es un derecho al que puedes acogerte. La ley te ampara en ese aspecto. Dado tu estado, los nervios jugarían en tu "cóntara", con seguridad». Ignacio asintió, aliviado. Pocos argumentos necesitó el abogado para convencerle. Ignacio tan sólo acertó a responder: «En sus manos lo dejo todo, Márquez».

El juez dio comienzo a la vista.

—A continuación —reclamó la atención de los asistentes con varios golpes de maza—, se va a dar lectura al apuntamiento del caso.

El volumen de los papeles que tenía en su poder era considerable. Miró el reloj: Pasaban de las once.

—En primer lugar, felicitar al juzgado militar por su ímproba labor realizada. Pasemos a los hechos:

Queda probado que en la mañana del día nueve de julio del corriente año, los acusados Ansaldo Bernad, presente en la sala, Emeterio Molina, presente en la sala, Ignacio Páez, ausente por los motivos antes expuestos por su abogado defensor, y Samuel Entrena, éste último en paradero desconocido, y al que se le instruye en pieza separada, se personaron en la calle del Asalto pasadas las nueve y media con la intención de abordar y atracar al cobrador de la fábrica de regalices REGALTOUR, Benedicto Osorio, también presente. Tras agredirle con una porra de madera de unos cuarenta centímetros de longitud por tres de ancha, y de sección cuadrada, y después de apoderarse de un saquete que contenía la cantidad de tres mil pesetas en monedas de plata, no pudieron sustraerle el paquete de billetes con hasta tres mil pesetas que el susodicho portaba en uno de los bolsillos de la chaqueta...

Aquella era la parte más tediosa de la vista. La lectura del sumario le iba a llevar sus buenas dos horas. Emeterio volvía la cabeza a menudo, inquieto. Buscaba a su madre, pero se encontró con la mirada amenazante del inspector Cárdenas. Ansaldo, por su parte, permanecía tranquilo, como si aquello no fuera con él. Los letrados permanecían serenos, especialmente Langarita, más acostumbrado a los juicios militares. El verdadero «baile» comenzaría tras el apuntamiento; en cualquier caso nunca antes de la tarde o a la mañana siguiente, según estimara el juez.

... efectuando Ignacio Páez dos disparos sobre sus perseguidores, sin recibir respuesta a ellos, y obligando a que los mismos, capitaneados por el sargento militar Adán Núñez, presente en la sala, se detuvieran momentáneamente para protegerse de los disparos; momento que aprovecharon los acusados para poner distancia entre sus perseguidores y ellos. También queda probado que Emeterio Molina efectúa otro disparo; esta vez contra el conserje del campo de futbol, Florencio Gilaberte, presente en la vista, que había acudido a cerrarles el paso, resultando ileso milagrosamente...

Los familiares de los reos empezaron a acusar lo farragoso del proceso. Gentes de campo en su mayoría, y de avanzada edad, como era el caso de los padres de Ansaldo, o como Marina, de salud delicadísima, aguantaban el tipo a duras penas, entre lloros contenidos. La incertidumbre sobre el incierto destino de sus hijos les movía al desconsuelo. Sofía, hermana de Ansaldo, a pesar de su juventud, se mostraba entera y airosa, con un rictus de orgullo en su cara. Ella y Ansaldo eran como dos gotas de agua. Idénticos en carácter y también físicamente. En uno de los momentos en que su mirada se cruzó con la de su hermano, éste le dijo sin hablar: «No les des la satisfacción de verte sufrir». Feliciano, el mayor, rodeaba con el brazo el cuello de la madre. El padre, Luciano, con su seriedad acostumbrada no perdía detalle.

... produciéndose un intercambio de disparos entre Ignacio Páez y Adán Núñez, que dio como resultado la muerte del niño Serafín Movilla, que jugaba por los alrededores, dándose como seguro que el disparo causante del óbito correspondió al efectuado por el acusado, como lo prueba la opinión de algunos de los testigos, así como la declaración en dependencias policiales del encausado Emeterio Molina...

Un prolongado murmullo de sorpresa recorrió la sala. El juez Reclús golpeó repetidamente con la maza en el mostrador, pidiendo silencio. Mientras, tomó un vaso de agua con un largo sorbo. Tenía la garganta totalmente reseca, después de casi una hora de lectura. Siguió leyendo. Aquél era el momento que más le distraía de los consejos de guerra. En contra de su aspecto grave, con aquellas enormes patillas, y del cargo que desempeñaba, tenía su punto socarrón. Solía entretenerse en vigilar los rostros de la gente, buscando a los que, incapaces de aguantar el formulismo del sumario, sucumbían a los efectos narcóticos de su verborrea. Unas veces era algún miembro del consejo. Otras, era el fiscal el primero en caer en brazos de Morfeo. ¡Si hasta había visto, en una ocasión, «quedarse frito» al propio acusado! Pero esta vez, nada. ¡Ni uno sólo! ¡Adiós divertimento!

... que después de perder algunas monedas en la ribera del Huerva huyeron después de vadearlo, y llegándose hasta las inmediaciones del palacio de Larrinaga procedieron al reparto del dinero, dándose el caso que gracias a un descuido de Emeterio Molina, que olvidó una gorra visera y una corbata en el lugar del reparto, y al caer dichas prendas en manos de la jus-

ticia, dieron pistas, si no suficientes, sí determinantes para la identificación y posterior detención de los acusados».

Al fin, el juez acabó de leer la última de las páginas. Guardó de nuevo el informe en el cartapacio y volvió a tomar la palabra:

—Agradecer en primer lugar al gobernador civil, general Juan Cartón Salvador, por el celo con que llevó el asunto, diseñando una estrategia que dio los resultados que aquí ahora vemos. Y como no, elogiar la febril actividad de la policía, encarnada en la figura del inspector jefe Venancio Cárdenas, quien detuvo a los acusados. A las doce y cuarenta y cinco minutos de la mañana doy por finalizado el apuntamiento de la causa —dio tres golpes con la maza y concluyó—. Se aplaza la vista hasta las cuatro de la tarde de hoy.

29

La sesión se reanudó a la hora establecida por el juez. Durante el descanso, Ansaldo y Emeterio, fuertemente custodiados por los cuatro soldados, pudieron ser acompañados por sus familiares.

Emeterio quiso tranquilizar a su madre en todo momento, sonriendo constantemente, intentando quizás insuflar algo de optimismo a su decaimiento. Ansaldo, por su parte, permanecía tranquilo, o todo lo sereno que una persona de gran aplomo podía estar en aquellas circunstancias. En cualquier caso, y a diferencia de Emeterio, su serenidad no era impostada, sino real.

De nuevo en la sala, el juez dio comienzo la sesión.

Intervino el comandante Tomás Piquer, como fiscal del caso. Era un hombre mayor, de rostro alargado y antipático; con un enorme bigote cano que le caía por debajo de la barbilla. Pidió al juez interrogar a Emeterio. Éste tomó asiento junto a la mesa del tribunal. El juez se atuvo al formulismo rigurosamente:

—Nombre y apellidos.

—Emeterio Molina Diego.

—Profesión.

—No tengo profesión definida. Lo que sale…

—¿Sabe leer y escribir?

—Sí —contestó Emeterio, quien para sus adentros pensó: «Seguramente, mejor que tú».

El fiscal paseó por la sala con aire distraído, atusándose el mostacho. Se detuvo y preguntó.

—¿Pertenece usted a algún tipo de movimiento anarquista, Emeterio?

Emeterio negó con la cabeza.

—Quizás no ha oído la pregunta. Se la repetiré nuevamente…

—No hace falta. No, no pertenezco a partido alguno.

El fiscal fue hasta donde tenía sus papeles. Sacó una hoja y se dispuso a leer en voz alta:

—Es una sentencia contra Emeterio Molina Diego, señoría, fechada el diez de junio de 1926. ¿Puedo resumirla?

—Proceda —dijo el juez.

Leyó entre dientes lo menos importante, hasta que llegó a la parte que le interesaba:

… Emeterio Molina Diego, perteneciente al grupo anarquista denominado Sauce, *y sin ocupación conocida, a quien se le condena al pago de la cantidad de ciento veinticinco pesetas por estafa…*

Acercó el documento al juez. Éste, tras un rápido vistazo lo depositó encima de la mesa.

—Le advierto que negar lo evidente sólo puede empeorar su situación —amenazó el juez a Emeterio —. Conteste a las preguntas del fiscal.

—¿Le une algún lazo con el movimiento anarquista? —volvió a preguntar el fiscal.

Emeterio se encontró en un callejón sin salida. Tras dudar un instante, su respuesta cayó como una bomba:

—Usted lo ha dicho: pertenezco a un grupo anarquista. Además soy naturista y vegetariano; forma de vida que me vi forzado a abandonar al ingresar en prisión.

El fiscal se tomó su tiempo antes de formular la siguiente pregunta para que la confesión calara entre los miembros del consejo.

—Está probado que disparó, al menos una vez, contra Florencio Gilaberte, portero del estadio de futbol, no alcanzándole en la cabeza por muy poco. ¿Qué tiene que decir a esto?

—Tan sólo intenté amedrentarle, disparando al aire. No tuve intención de herir.

—¿Al aire? Le recuerdo que le voló el sombrero, según consta en sumario.

El abogado de Emeterio frunció el ceño. Aquello comenzaba a desagradarle, si bien lo esperaba.

—Existen fundadas sospechas de que usted es el que planeó el atraco, además de haber sido visto, varios días antes, merodeando por la zona. ¿Es cierto esto?

—Se planeó de común acuerdo entre los cuatro —contestó Emeterio—. En cuanto al segundo punto, nada tengo que añadir.

—Una última cuestión: ¿Quién hirió al muchacho?

—Fue el militar que nos perseguía, sin duda.

El fiscal rebuscó de nuevo entre sus documentos. Con una nueva carta en la mano leyó en voz alta:

... que el tal Emeterio Molina Diego reconoce y confirma ante testigos que uno de los partícipes del asalto perpetrado el día nueve de julio del año en curso contra el empleado de una fábrica en nuestra ciudad, el tal Ignacio Páez, es el que sin duda efectuó el fatal disparó que acabó con la vida del menor Serafín Movilla...

—Y aparecen como firmantes, al lado de su propia firma, el inspector jefe de policía que le detuvo y su ayudante —y volvió a ceder el documento al juez—. Por mi parte, he acabado.

Llegó el turno para Luis Langarita. El comandante se plantó ante su patrocinado.

—¿Qué le movió a participar en el atraco, Emeterio? —Preguntó— Es decir, ¿fue un móvil político el que le empujó, o de qué índole?

—Económico, únicamente —dijo él.

—¿Podría precisar un poco más?

Emeterio tomó aire. La angustia iba apoderándose de él conforme pasaban los minutos.

—Llevaba más de un año sin empleo... y debiendo casi un año de alquiler al casero. Contraje algunas deudas para hacer frente a los gastos de las medicinas que la enfermedad de mi pobre madre requería. El caso es que los acreedores me asediaban. No vi otra salida...

—¿Fue por eso que pasó un talón sin fondos, no?

—Sí.

Langarita se dirigió teatralmente hacia los integrantes del consejo de guerra:

—He aquí los «fines políticos» —pronunció con cierto retintín las palabras— que se esconden en el día de autos, como nos quiere hacer creer la acusación, mezclando el anarquismo con lo que sin duda es un intento desesperado por salir de la extrema necesidad en la que se encontraban los acusados, y en particular mi defendido.

Volvió con Emeterio.

—En cuanto al disparo contra el empleado del estadio… ¿A qué distancia estaba el hombre de usted, más o menos, en ese momento?

—A cinco o seis metros. Quizá menos —contestó.

—Gran parte de los que estamos en esta sala, como militares que somos, estamos acostumbrados al manejo de armas. En realidad, es por lo que nos pagan. Hagamos un ejercicio mental: supongamos que, en situación de peligro, alguien que no va armado comete la estupidez de atacarnos o amenazarnos. Y nosotros tomamos la determinación de abatirlo. Ese alguien, que está considerablemente cerca, nos ofrece un blanco magnifico: su amplio torso, lleno de puntos vitales. Pues no: decidimos arriesgarnos a alcanzarle en la cabeza, con el riesgo de marrar el disparo sobre tan incierto blanco. A no ser que el disparo que le vuela el sombrero, aunque mal calculado, solamente esté dirigido a disuadirle en su idea. Que es lo que pienso que ocurrió en realidad.

Langarita dejó pasar unos instantes antes de continuar.

—Por cierto, Emeterio. ¿Qué tiene que decirnos sobre su confesión, acusando a Ignacio Páez de herir al muchacho?

—Solamente diré que fui forzado a declarar lo que a «ellos» les interesaba. Jamás fui un hombre especialmente valiente ni tuve pretensiones de héroe —volvió la cabeza y buscó a Cárdenas y al ayudante. Contendieron con sus miradas durante un instante—. *«Bruta fulmina et vana…»* —dijo entre dientes.

—¿Cómo dice? —preguntó el juez.

—*«Los rayos golpean…* —explicó en castellano.

—*... de forma salvaje y sin sentido...»* —siguió el defensor—. Plinio el Viejo. No hay más preguntas.

30

Tras Emeterio, declararon el inspector Cárdenas y su ayudante Matután, negando en todo momento las malas artes en los interrogatorios a los detenidos. También se llamó a declarar al portero Florencio Gilaberte, que no contribuyó con nada nuevo a la causa. A él le siguieron el vigilante de la fábrica, Leandro Benedí, y la sirvienta Rosa Arnau. Luego les tocó el turno a los hermanos Cuyás, Ramón y Robustiano; los obreros que persiguieron a los acusados hasta el final. Tampoco ninguno de ellos pudo aportar nada significativo a lo expuesto en el apuntamiento.

El juez consultó su reloj: eran las seis menos veinte.

—Se concede un descanso de treinta minutos. Se levanta la sesión.

—Llamo a declarar al sargento Adán Núñez —exclamó el fiscal, una vez reanudada la vista.

El militar abandonó su sitio para ir hasta el asiento lateral. El fiscal le preguntó:

—¿Reconoce a los acusados como los que mantuvieron con usted el tiroteo que acabó con la vida del niño Serafín Movilla?

—Sí —Titubeó—. Es decir... ¡No!...

—¿Cómo dice? —la respuesta descolocó al fiscal.

—Quiero decir que... la persona que me disparó no está

presente en la sala.

—¡Ah! ¡Cierto, cierto!... Se refiere a Ignacio Páez, ¿no?

—En efecto.

—¿Podría explicar, acaso someramente, como se desarrolló la acción y cuántos disparos le hicieron a usted?

—Apenas se apoderaron del botín, éste cayó al suelo. Uno de ellos, el ausente en la sala, algo rezagado, hizo dos disparos contra los que en ese momento le acosábamos. El segundo rebotó junto a mis pies —Adán hizo una pausa—. Luego tomaron distancia. Más tarde dispararon de nuevo, contra el portero del campo de futbol. Eso yo no lo viví. Cuando llegamos a las inmediaciones del estadio, ellos estaban saltando por encima de la tapia. Otra vez la misma persona volvió a disparar contra mí. Dos veces más. Yo repelí la agresión. Allí fue donde cayó herido el niño.

—Entonces... a usted le hizo cuatro y usted hizo uno, ¿no es así?

—Sí, así fue —contestó Adán.

—Cuatro disparos por uno —repitió el fiscal elocuentemente—. ¿Alguien —preguntó en voz alta— puede alegar que no hubo abuso de superioridad? Por mi parte he concluido.

—¿Hay alguna pregunta al testigo, antes de que se retire? —preguntó el juez a los defensores.

—Sólo una cuestión —dijo Márquez, mientras encaraba al testigo—. En el tiroteo que acabó con la vida del niño, ¿Recuerda en qué posición estaba usted cuando disparó su pistola?

—¿Cómo...? ¿En qué posición...? No comprendo que quiere decir...

—Si estaba de pie o agachado.

El fiscal intervino, un tanto molesto:

—¿Adónde quiere ir a parar con eso, capitán?

Márquez ignoró la intromisión del fiscal. Miró al juez, quien dijo al testigo:

—Conteste a la pregunta.

—Puse rodilla en tierra, para ofrecer menos blanco —contestó Adán.

—¿Y su agresor?, ¿cuál era su posición cuando le disparó a usted?

—De pie. En ese momento se disponía a saltar la tapia…

El juez parecía impacientarse.

—Un par de «pereguntas» más y termino —dijo Márquez al juez—. ¿A qué distancia considera que estaba Ignacio Páez cuando disparó su arma?

—Treinta…, cuarenta metros… Quizás más —vaciló Adán.

—¿Y entre el niño herido y usted?

—¡Pues…! A mitad de camino, más o menos. ¡Yo qué sé! —contestó con mal aire. Las preguntas comenzaban a sacarle de quicio.

Márquez extendió su mano derecha, como si disparara al frente, imaginariamente.

—Imaginemos a Ignacio disparando su arma, tal como yo estoy haciendo ahora mismo. Desde mi mano hasta el suelo, hay algo más del «métoro» y medio. Ignacio es un poco más bajo que yo. Pongamos que su arma podía estar un poco por debajo de esa altura —Márquez se esforzaba por sortear algunas de las palabras impronunciables para él, que parecían perseguirle en cada una de sus intervenciones—. Ahora, hagamos otro experimento... ¿Podría ponerse en la posición que adoptó usted cuando disparó el arma?

—Cuando repelió la agresión, querrá usted decir —explotó el fiscal, fuera de sí.

—Bueno, pues… cuando repelió la «agueresión» —concedió el abogado.

Adán obedeció a Márquez. Arrodilló su pierna izquierda y extendió al frente su mano derecha.

—¿Qué distancia considera que hay desde su mano derecha

hasta el suelo, Adán? —Preguntó.

—¡Dígamelo usted! —contestó, resabiado.

—No hace falta. Toda la sala lo está viendo. Unos ochenta «centimétoros», aproximadamente. Así que tenemos: por un lado, al acusado Ignacio Páez, que dispara su arma desde una altura cercana al «métoro» y medio —aquello comenzaba a ser insufrible—. Por el otro, al sargento Adán Núñez que hace lo «poropio», pero arrodillado: su bala parte desde una altura muy inferior. Y en medio está la víctima, un niño de doce años, que recibe el impacto en el pecho, zona no muy superior en altura a esos ochenta o noventa «centimétoros» de los que estamos hablando. Eso es todo por mi parte.

Un prolongado murmullo recorrió la sala. El juez puso orden, golpeando con la maza en la mesa. Dio permiso al testigo para retirarse. Adán, desconcertado, miraba al fiscal, quien no podía disimular su irritación.

Márquez había creado una duda razonable de forma magistral. Así lo comprendió Nasarre, quien rápidamente pasó a la acción.

—Con el permiso de este consejo, deseo tomar declaración a Benedicto Osorio. —dijo.

El viejo empleado fue requerido por el juez. El hombre se acercó despacio, arrastrando los pies penosamente. Emeterio y Ansaldo le observaban. Le encontraron prematuramente envejecido. Ansaldo se estremeció. Él los miró a los dos y luego bajó la mirada. Con la boina entre sus manos, estrujándola nerviosamente, la apariencia inofensiva de aquel individuo no jugaba a favor de los acusados, le pareció al capitán Nasarre, arrepentido de su precipitada decisión de citarlo a declarar..

El defensor tomó la palabra:

—¿Sería tan amable de contarnos cómo ocurrieron los hechos aquella mañana, señor Osorio?

Benedicto pareció no entender la pregunta. Nasarre notó el

desconcierto en los ojos del hombre.

—Recuerde cómo se produjo el asalto, Benedicto —le ayudó.

—Lo que recuerdo es bien poco. Eran dos jóvenes. Uno de ellos se quedó algo retirado. El otro, rubio y con bigote, se acercó a mí. Era alto; muy alto… Me pidió lumbre. Yo le di mi caja de mixtos. Luego, de repente se abalanzó sobre mí. Traté de defenderme, pero… —se llevó la mano a la parte posterior de la cabeza, por encima de la nuca— sentí un golpe muy fuerte, aquí, en la cabeza. Ya no sé más. El siguiente recuerdo es del hospital.

—¿Recuerda si iban armados? Es decir, ¿le amenazaron con algún tipo de arma?

—No; eso yo no lo recuerdo.

—Gracias, Benedicto —dijo Nasarre—. Quede constancia en este tribunal que no se aprecia abuso de superioridad en el asalto.

—En cualquier caso, eso es cometido de este consejo, capitán —le reconvino el juez.

Llegó el turno para el fiscal.

—¿Qué edad tiene, Benedicto?

—Cincuenta y cuatro cumpliré el mes que viene… si Dios me da salud…

—¿Qué cuidados médicos requirió su agresión?

Benedicto volvió a frotar su nuca nuevamente.

—Tres días con sus tres noches estuve ingresado yo… Además de otros diez de curas, por la inflamación de los «chichones»…

—¿Reconoce entre los presentes en esta sala a alguno de sus agresores?

—La verdad es que… el alto no está. El otro podría ser aquél —y dirigió su mano hacia Ansaldo.

—¿Podría? —cuestionó el fiscal.

—¡Bueno!... ¿Cómo saberlo, si me «dieron» por la espalda?

—¡Ahí quería yo llegar! Así que, por un lado tenemos a un honrado trabajador, ya entrado en años y con ciertas dificultades físicas al caminar, como ha quedado demostrado. Por el otro, a dos hombres, jóvenes y vigorosos, que le asaltan en pleno día para robarle el dinero de las nóminas. ¡No! No le atracaron a punta de pistola —declamó el fiscal, irónicamente—. «Sólo» le dieron tres buenos palos que le dejaron medio descalabrado. Juzguen ustedes —pidió al consejo de guerra—, si ese brutal y desmedido ataque no cae de lleno en la consideración de abuso de superioridad.

Dejó, como era su costumbre, pasar unos segundos en silencio antes de dar por finalizada su intervención.

31

—Nombre y apellidos —pidió el juez.

—Ansaldo Bernad Melero —replicó él, alto y claro.

—¿Ha dicho Bernal?

—Bernad —le rectificó Ansaldo. Bernad Melero.

—¿Sabe leer y escribir?

—Sí.

—Pueden proceder —informó el juez al ministerio fiscal y a la defensa, respectivamente.

—No tengo preguntas, señoría —contestó el fiscal.

Nasarre se plantó frente a su defendido:

—¿Pertenece a alguna facción política, Ansaldo?

—No exactamente. Pertenezco, como ha declarado mi compañero, a una agrupación de ideas anarquistas, pero fuera de cualquier militancia política. Nuestros fines son… digamos espirituales —contestó con naturalidad.

Nasarre fulminó con la mirada al joven, mientras huía de aquel tema a marchas forzadas. «¡Maldito cabezota! —Pensó para sus adentros— ¿No acordamos que debías negar este punto, para centrarnos en el robo por necesidad económica? Con esta actitud, sólo conseguirás que te agarroten».

—¿Cuántos sois de familia?

—Soy el tercero de trece hermanos. Nueve con vida.

—En tu caso personal, ¿qué te movió a participar en el atraco?

—La necesidad.

—Explica a la sala tu participación en los hechos —le animó Nasarre.

—Samuel y yo interceptamos al hombre. Yo iba provisto de la porra. Samuel le sujetaba mientras yo descargué los golpes. Creo que fueron tres. Es cierto que le di fuerte, pero en todo momento controlé mis fuerzas. Quisimos robar, pero no matar. Luego, cuando el tumulto llamó la atención de la gente, tuve que salir huyendo. Entré en un establecimiento de bebidas cercano al lugar de los hechos. Volví a salir por la puerta trasera y así conseguí escapar. Eso es todo.

El capitán Nasarre se dirigió a la mesa del consejo:

—Tengo en mi poder una carta, señores, escrita por Emeterio Molina desde la prisión y sacada de forma clandestina. Está dirigida a uno de los hermanos de Ansaldo; concretamente a su hermano mayor, Feliciano. Yo creo que por sí sola arroja algo de luz sobre el caso. Quisiera pedirte autorización, Ansaldo —se giró hacia él—, para darle lectura.

—Puede hacerlo, si quiere —contestó él.

Nasarre introdujo dos dedos en el bolsillo de su chaqueta, y extrajo un papel, doblado en cuatro partes.

—Data del treinta de julio —aclaró—, y dice así:

Estimado Feliciano:

El motivo que me impulsa a escribirte no es otro que el de tratar de explicar claramente algunas de las situaciones que, por desgracia, estamos padeciendo todos; nosotros como únicos responsables de todo esto; las familias, como víctimas inocentes. Me imagino cómo lo estaréis pasando; especialmente vuestros padres (tan mayores). Las noticias que me llegan sobre mi pobre madre me tienen sumido en un mar de tristeza.

Nos mantienen incomunicados entre nosotros; así que no hemos podido vernos. Pese todo, somos jóvenes y briosos, y sobreviviremos, aunque más temo por Ignacio, espíritu sensible donde los haya —aunque de «pronto» violento— que por Ansaldo o por mí mismo.

A continuación, paso a revelarte algunos de los detalles sobre el suceso: Quizás mitigue algo vuestra pena saber que Ansaldo nada tuvo que ver en el tiroteo que se produjo tras el robo. Fue tu hermano quien, en compañía de Samuel Entrena, golpeó en la cabeza al cobrador, haciéndole perder el conocimiento. Después de producirse el tumulto, y viéndose amenazado por algunos de los que se encontraban por allí, huyó, antes de producirse el mencionado tiroteo.

En cuanto al disparo que acabó con la vida del niño, tengo serias dudas. Es cierto que al principio creí autor del mismo a Ignacio. Mas luego, recordando la escena, hay un dato esclarecedor para mí: cuando Ignacio dispara por segunda vez, el niño nos daba ligeramente su espalda, con gesto encogido, como asustado por el primer estampido. Difícilmente pudo Ignacio alcanzarle frontalmente.

Reniego totalmente de mi confesión en la comisaría, sacada a fuerza de golpes.

De Samuel Entrena nada sé, Excepto que escapó. Quizás ahora esté leyendo noticias sobre nuestro caso, tranquilamente sentado en alguna oscura taberna de cualquier lejano país. Me alegro por él. Aquí cada vez resuena con más fuerza el ruido de sables.

Si esta carta ve la luz, significará que ha burlado todos los controles. De algo nos tenía que servir el hecho de que las cárceles estén repletas de anarquistas dispuestos a «jugársela» por un semejante.

Atentamente: Emeterio Molina Diego.

Nasarre depositó la carta ante el tribunal.

—Señor presidente, sugiero que sea aceptada como prueba en la causa.

—¿Adónde quiere ir a parar, abogado? —intervino por vez primera el presidente del Consejo, el teniente coronel Vargas, mientras sostenía el documento entre las manos.

—Demostrar que no está nada clara la autoría del fatal disparo, como demuestra la carta, además de los métodos empleados por la policía para obtener la confesión de Emeterio. La pesadumbre que muestra en la carta refleja, a mi entender, que son jóvenes con ciertos valores, y que sólo las circunstancias les llevaron a dar ese mal paso. Por mi parte, he acabado —concluyó Nasarre.

—Se aplaza la vista hasta las siete y media de la tarde —sentenció el juez, mirando su reloj: pasaban de las siete—. Tras la reanudación, acometeremos las conclusiones finales. Se levanta la vista —dijo.

32

—A continuación, vamos a dar paso a las conclusiones provisionales del fiscal, por una parte, y de las defensas, por otra —dijo el presidente del consejo de guerra.

Comenzó su aserto el fiscal, Tomás Piquer. Dirigió sus palabras hacia la mesa:

—Nos encontramos hoy en esta sala para que se haga justicia. Justicia para con los acusados. Justicia también para Serafín Movilla, la verdadera víctima; no lo olvidemos. Relatar ahora los pormenores del caso sería abundar sobre lo ya demostrado.

Se paseó por la sala, atusándose el bigote.

—«¡Qué momentos más delicados vive España, señores! —Miró hacia el techo histriónicamente—. Y cuán dañina es la influencia que ejerce el anarquismo sobre algunos pobres desgraciados, aprovechando su escasa preparación. Éstos, que algunas veces suelen ser autodidactas brillantes, carecen, sin embargo, de una sólida formación moral y religiosa, y eso les lleva a caer en brazos de credos socialistas y comunistas, y que indefectiblemente derivan hacia el terrorismo»[5].

¿Asaltaron con el único fin de robar? Probablemente. Pero hay un hecho incuestionable: robaron y mataron. Huyeron con el dinero. Y lo repartieron; no lo olviden.

Por un lado está el acusado Ansaldo Bernad, ensañado con un hombre, casi un anciano, al que muele a golpes, mientras su cómplice le inmoviliza, con una porra de madera de cuarenta centímetros. La desproporción de fuerzas resulta evidente.

Después, tenemos a Emeterio Molina, que, ante la proximidad de un ciudadano ejemplar, desarmado, que quiso cerrarle el paso, le pegó un tiro a boca de jarro, del que milagrosamente salió indemne. Consideren si hubo o no abuso.

Y sobre el tercer encausado, Ignacio Páez, ¿qué decir? Sólo esto: que disparó sobre sus perseguidores no menos de cuatro veces, quedando probado, al menos para la fiscalía, que una de aquellas balas fue sin duda la que segó la vida del niño.

No debemos contentarnos con regañinas ni quedarnos en lamentaciones, que no nos llevarían a ninguna parte. Se debe castigar con hechos, y no con reconvenciones. El ministerio fiscal califica el hecho como robo a mano armada y homicidio, y opina que el caso cae de lleno en el Real Decreto de 13 de abril de 1924. Es por ello que pide para los tres acusados la pena de muerte y…

Se oyeron gritos estremecedores al final de la sala, provenientes de las tres madres, que rápidamente fueron desalojadas, acompañadas por algunos de sus parientes. El murmullo, casi ensordecedor, se adueñó de la sala.

—¡Orden! ¡Orden! —gritaba el juez, incapaz de acabar con el runrún.

Al fin, se extendió de nuevo la calma.

—la pena de muerte —repitió el fiscal—, y en caso de que ésta no se aplique, además de la que por este delito les corresponda, la de un año, ocho meses y un día para los procesados Emeterio Molina e Ignacio Páez, por el delito de disparo, y seis meses de prisión correccional por el de tenencia ilícita de armas de fuego para los tres encausados, con abono de la mitad del tiempo de la prisión preventiva. Al mismo tiempo, solicitamos una indemnización de dos mil pesetas para la familia de Serafín Movilla, y la misma cantidad para el cobrador, Benedicto Osorio.

Los defensores estaban inquietos. Tenían motivos para ello. El fiscal acababa de enseñar los dientes. Y no iba mal armado. Su melodramático alegato sonó impecable. Si calaba entre el consejo, sus opciones de éxito se multiplicarían exponencialmente. Había que darle la vuelta, costase lo que costase.

El capitán Márquez fue el primero en presentar su alegato en defensa del ausente Ignacio.

—Señores, poco se puede añadir sobre los hechos. Algunos

son claros e incontestables; otros, difusos e «imperecisos». En cuanto a los últimos, el fiscal se empeña tercamente en endosárselos a los acusados, caso de la muerte del niño, por ejemplo, incapaz de aportar «purueba» alguna, más allá de algunas acusaciones, interesadas a mi entender.

Cuando está en juego la vida de «terés» «hómberes», hay que exigir, cuando menos, objetividad; no fuegos de artificio. La duda razonable a favor de mi «patorocinado» sí es real. Por ello, señores, porque la calificación fiscal resulta totalmente fuera de lugar, y porque estoy convencido de que Ignacio Páez es inocente de la muerte del muchacho, pido su «líbere» absolución. Eso es todo.

Después de la intervención de Márquez le correspondió el turno a Langarita.

—Suscribo punto por punto el alegato que mi colega en la defensa acaba de exponer, señores. Los hechos son de sobra conocidos por todos nosotros. Pero la calificación fiscal está fuera de toda lógica. La justicia bien entendida se debe al precepto de impartir justicia, no al de dar escarmiento. Robaron por necesidad, no con intención de matar. Rechazo, pues la calificación fiscal, y basándome en la excepción de incompetencia de jurisdicción, pido para mi defendido, Emeterio Molina Diego, la libre absolución. No tengo nada más que decir.

Nasarre escuchaba atentamente. Le pareció muy arriesgada la apuesta que hacían sus dos colegas al pedir la libre absolución. De sobra sabían ellos que aquella posibilidad era materialmente imposible que se diese. Parecían estar diciendo: o todo o nada. Dadas las circunstancias, prefirió ser conservador: «El miedo guarda la viña», pensó. Tomó la palabra:

—Señores, llegados a este punto, prácticamente concluida la vista, casi todo está dicho. No me queda sino hacer un repaso a la actuación de mi defendido. Queda bastante claro que el móvil, vuelvo a insistir, no es político, sino económico. Queda claro también que, en los primeros momentos, antes de producirse la refriega, mi patrocinado huye del lugar de los hechos, no participando en el desenlace final. Dando por hecho algunos de los argumentos esgrimidos por la fiscalía, discrepo de algunos otros, en los que no son aplicables el Real Decreto antes mencionado por la acusación; por tanto pido para mi defendido la pena de prisión mayor, en su grado medio.

Un murmullo volvió a levantarse en la sala. Ansaldo no se inmutó. Anteriormente, Nasarre le había comunicado su estrategia, y a él no le pareció mal. No era un iluso, y sabía que no le iban a permitir «irse de rositas». Así que no le pilló de sorpresa.

El presidente del tribunal puso en pie a los reos.

—¿Tienen los acusados algo que decir? —inquirió.

Emeterio fue el primero en hablar:

—Quiero hacer constar que en algún momento se me ha considerado como el cabecilla; punto que desmiento. El plan fue trazado por los cuatro, ni más ni menos. Tan sólo decir que..., que... —bajó la cabeza, derrumbado moralmente. Langarita acudió a él, asiéndole por un brazo, y ayudándole a sentarse de nuevo.

—Lo hice —siguió hablando con voz trémula— porque llevaba..., más de un año sin trabajar..., y asediado por las deudas... —finalizó con un sollozo.

Tras escuchar a Emeterio, el presidente dejó expresarse a Ansaldo:

—En honor a la verdad, digo, y así fue, que Emeterio nunca se erigió en jefe nuestro. En cuanto a lo otro, decir que lo hicimos impulsados por la necesidad. Sólo me resta pedir perdón a la familia del niño —dijo con serenidad.

—Declaro vista y para sentencia la causa, cuya decisión del consejo de guerra deberá ser aprobada por el Capitán General, antes de hacerse pública.

CUARTA PARTE

33

Los Manantiales.
Estado de Coahuila de Zaragoza, Méjico.

El blanco poblado se hallaba enclavado entre la sierras de Playa Madero y El Laurel, cuyos manantiales —de ahí el topónimo— le surtían generosamente de agua, convirtiéndolo en un vergel en medio del pedregoso desierto de Coahuila. El pueblo era eminentemente agrícola, sin olvidar las explotaciones de plata y cobre, pero su principal *modus vivendi* residía en la vitivinicultura, que le venía desde el siglo XVI, tras la llegada de los españoles.

El joven recibía en el rostro las suaves corrientes de aire que las páginas del diario provocaban al ser pasadas sin ninguna prisa, sentado en una de las mesas de la oscura cantina, y con un vaso de vino casi vacío frente a él. El periódico, bastante sobado de tanto pasar de mano en mano, apergaminadas sus hojas a consecuencia de haber sido derramado licor sobre él en algún momento del día, le reservaba una sorpresa aquella tarde.

El local, deficientemente iluminado, había comenzado a animarse, como todas las tardes. Los goznes de la vieja puerta se quejaban lastimosamente cada vez que un cliente traspasaba el umbral, lo que motivaba que sus ojos azules lo escudriñaran furtivamente. Una voz de borracho desentonaba un *corrido* con tal sentimiento que el forastero no supo discernir si el pobre hombre reía o lloraba:

Hipólito llegó al baile
y a Rosa se dirigió
como era la más bonita
Rosita lo desairó
Rosita lo desairó

Apuró lo que quedaba en el vaso y fue hasta el mostrador.

Dimas, el cantinero, era un indio pequeño y cetrino, de edad indescifrable; muy ajado para ser joven, pero activo y de movimientos demasiado ágiles para estar cargado de años. Se sobraba y bastaba él solo para atender el negocio, liberando de trabajo a su hija Melba, una belleza india descendiente —por la parte de Dimas— de los primeros indios tlaxcaltecas traídos por los conquistadores para apaciguar a los indígenas de la zona. De apenas dieciocho años, Melba era menuda, pero esbelta —dos condiciones que rara vez iban unidas—, alejada su figura de los cuerpos rectos y sin formas que la genética dotaba a las indias puras. Piel tostada, como no podía ser de otra manera, y ojos grandes y oscuros. Su cabello refulgía con destellos azules; le caía como en cascada, lacio y exuberante, descansando levemente sobre su espalda, alcanzándole hasta la cintura.

—¿Le sirvo otro trago, gringo? —Le dijo ella. Siempre le trataba de usted—. Le hará entrar en calor.

Ella tenía razón. Conforme avanzaba la tarde, la temperatura descendía considerablemente, debido en gran parte a la altitud del pueblo —sobrepasaba los 1.500 metros—, sin olvidar que ya estaban entrados en octubre.

—¡Bueno, pues! —dijo el, mirándola a los ojos. «Me “late” la *chamaca*», se dijo para sí. Sonrió levemente. Llevaba dos meses largos en el país y algunas expresiones comenzaban a calar en él.

Rosita, no me desaires
la gente lo va a notar
pues, que digan lo que quieran
contigo no he de bailar
contigo no he de bailar

—¿Por qué siempre me llamas gringo, Melba? ¿Tan aburrido te resulto, pese a que te he contado media vida mía? —preguntó a la muchacha mientras ella se disponía a llenar nuevamente el vaso con vino rosado.

—¡No sea tonto, Raúl! —protestó Melba, cariñosa— Es por su apariencia. Me imaginaba a los españoles más... ¡Ya me entiende!... ¡Más como nosotros!

—¿Más guapos, quieres decir? —bromeó él, apoyando los codos en el mostrador.

La carcajada mostró sus bonitos dientes, blancos y uniformes. Ella le dio un cariñoso cachete en una de sus manos.

—Más morenos, Raúl —le contestó, sin perder la sonrisa. Rubio, como es usted; de piel tan blanca y con los ojos azules, más se asemeja a los presuntuosos gringos que a un recién llegado de la *mera* patria. Hará bien en advertírselo a todo el que se cruce con usted. No son muy estimados por aquí los vecinos norteños.

El hombre no dijo nada. Observó un enorme retrato, sobre un estante, rodeado de botellas. En él aparecía la figura de un hombre, elegantemente vestido con traje gris, de los llamados *mil rayas*, chaleco y corbata oscura. El retratado, de medio cuerpo, era de mediana edad y buen porte. Lucía amplio bigote y una perilla muy poblada y grisácea.

Melba se dio cuenta de su interés por el retrato, y se adelantó:

—Se trata de Francisco Madero, que salió presidente de Méjico hace casi quince años. Era nacido en Parras, a diez millas de Los Manantiales. Fue un político honesto y bueno, que hizo mucho por el país, y al que mataron como a un perro dos años después, en golpe de estado.

Satisfecha su curiosidad, dejó pasar unos instantes. Después volvió a preguntarle a la joven, cambiando de tema:

—¿Aceptarías una invitación de un «gringo» como yo, Melba? —se aventuró a preguntarle, señalando su mesa.

La joven miró alrededor, calculando el trabajo que los parroquianos podían dar a su padre: no quedaban más de tres o cuatro, sin contar con el borracho, que seguía a lo suyo:

Echó mano a la cintura
y una pistola sacó
a la pobre de Rosita
nomás tres tiros le dio
nomás tres tiros le dio

—Le doy aviso a mi padre, y enseguida estoy con usted, Raúl.

El hombre volvió a sentarse en su mesa, con el vaso de vino en la mano. Conforme iba estrechando lazos con la chica, más sentía haberle mentido al darse a conocer con identidad falsa; pero era necesario, por su seguridad. No podía ir por ahí pregonando a los cuatro vientos que se llamaba Samuel Entrena, y que había llegado hasta allí fugitivo de la justicia española.

Volvió al periódico donde se había quedado. Apenas había empezado a ojear sus páginas cuando apareció Melba. Llevaba en las manos un cóctel. Por el color parecía güisqui con hielo. Una ramita de hoja verde sobresalía por encima del vaso de cristal.

—¿Qué es? —se interesó él.

—Julepe de menta —dijo ella, dando un pequeño sorbo y dejando el vaso en la mesa—. Menta verde, bourbon, azúcar y agua.

—¿Y la ramita verde?

—Menta fresca. Es un cóctel importado por los gringos…

—Hace un momento creí entender que te parecían presuntuosos.

—No todos, Raúl; no todos. ¿Le puedo contar una historia?

—Soy todo oídos, Melba —contestó él.

—Mi nombre completo es Melba Guillerma.

Los ojos de ella captaron la sorpresa en los de él.

—¿Sorprendido? —preguntó.

—Bueno, he de admitir que no son nada comunes ninguno de los dos.

—Fue idea de mi abuela, que también se llamaba Melba. Quiso hacerlo con mi madre, pero mi abuelo no consintió… Al de Melba no puso reparo alguno, puesto que a él le gustaba el nombre. En cuanto al de Guillerma, no tragó. Así que cuando nací yo, la abuela consiguió salirse con la suya. Conforme iba creciendo, las continuas burlas de mis compañeros de escuela despertaron en mí una especie de inquina contra mi abuela, a la que consideraba responsable de mis sufrimientos. Un día, después de rebelarme contra ella por alguna menudencia, me cogió de la mano, y paseando junto a la iglesia del Santo Madero me contó su historia:

Había nacido en Nuevo Méjico en 1861, de sangre hispana e india mitad por mitad. En Fort Sumner trabajaba en una cantina llamada *La arquita*. Corría entonces el año 1880 y tenía dieciocho años. La zona vivía en aquella época lo que se dio en conocer como «la guerra de Lincoln», donde diversas facciones luchaban entre sí por la supremacía de los pastos, con una violencia como jamás se volvió a ver. Las muertes se sucedían a cada instante.

Mi abuela conoció al cabecilla de uno de los bandos enfrentados: un joven de apenas veinte años, de ascendencia irlandesa, decidido y peligroso como una víbora de cascabel, pero de modales delicados, tan fuera de uso en aquellas tierras. Era acosado tanto por *sheriffes y* alguaciles como por pistoleros a sueldo; uno tras otro iban quedándose en el camino, labrándose una fama de la que al final le sería imposible escapar.

Se hicieron amantes tan pronto como se vieron por primera vez. Y, al decir de ella, jamás se habrían separado. Al final ocurrió lo que tenía que ocurrir.

Una noche de julio de 1881, un marshall, que anteriormente había sido compañero de andanzas del joven, estuvo esperándolo durante buena parte de la noche, escondido en una de las habitaciones donde se refugiaba el pistolero. Lo mató apenas cruzó el umbral, de un tiro en el pecho, dicen que desarmado, sin darle la oportunidad de defenderse. La leyenda de aquel joven, amado por mi abuela y a quien los hispanos llamaban Guillermo Bunny, crecería como la espuma a partir de su muerte, con diversos nombres: William Bonney, Henry McCarthy o el alias con el que pasaría a la posteridad: Billy el Niño.

Luego, por circunstancias de la vida, Melba acabó llegando hasta Los Manantiales, donde se casó con mi abuelo. Pero jamás olvidó a su primer amor. Y en memoria de los dos amantes llevo sus nombres».

—Y eso es todo —concluyó Melba, a quien le brillaban extraordinariamente los ojos—. ¿Qué le ha parecido la historia, Raúl? —le preguntó.

—¡Es preciosa! —contestó el, mirándola fijamente a los ojos, de tal manera que ella se turbó— ¡Las dos! Ahora en serio, Melba. La historia es fascinante.

—Mi abuela conserva una vieja fotografía de él. Me la enseñó. El caso es que se parece mucho a usted, Raúl: ojos claros, tez blanca... Rubios los dos... Incluso los dientes, ligeramente salidos... ¡Asombroso!

—Vamos, que me ves pinta de pistolero — bromeó.

—¡Que tonto es usted! —Melba volvió a reír con ganas.

Era evidente que aquel hombre le gustaba mucho.

Hubo un silencio entre los dos.

—Y usted, Raúl, ¿No tiene nada para mí? Seguro que tiene una historia apasionante que contar. En Los Manantiales hay una tradición muy antigua. Verá...—titubeó un poco— Cuando alguien quiere confesar o contar algún secreto, debe llevar a esa otra persona a oír misa al Santo Madero. Debo decir que sólo sirve para una vez entre esas dos almas. ¡Una única vez en la vida! La confesión debe ser una vez finalizada la misa, ya en la calle. Hecho esto, la persona a la que se ha confiado el secreto será rehén de confesión: jamás podrá contar nada. Sólo en sus últimos momentos, esa persona podría hacerlo público. Así que si algo le perturba, Raúl, ya sabe... —bromeó Melba— Conmigo, su secreto estaría a salvo. Al menos durante un buen puñado de años... ¡Espero! —sonrió nuevamente.

—Lo tendré en cuenta, Melba —le siguió la broma él.

Pero un sentimiento de amargura hizo mella en él.

—Bueno, Raúl. Ahora, si me dispensa, debo seguir ayudando a mi padre. Ha sido un placer platicar con usted.

—El placer ha sido mío, Melba.

Observó cómo se alejaba la muchacha, con aquellos andares cadenciosos, oscilando sus caderas de forma natural. «Caray, cómo me gusta la muchacha», volvió a decirse otra vez.

El día que la mataron
Rosita estaba de suerte
De tres tiros que le dieron
nomás uno era de muerte
nomás uno era de muerte

Samuel quiso dar un último vistazo al diario. Se concentró en las páginas centrales, que informaban del extranjero. Los ojos se le fueron a una noticia de la cabecera. A medida que iba leyendo, su rostro comenzó a palidecer:

«EL NOTICIERO DE COAHUILA»
Jueves, 6 de octubre de 1927.

Noticias internacionales – ESPAÑA
«Un Consejo de guerra por robo a mano armada y homicidio. El fiscal pide tres penas de muerte».

En la cárcel de la calle de Predicadores se constituyó el pasado día 4 el Consejo de guerra para ver la causa instruida por el atraco a un cobrador en la calle del Asalto, suceso en el cual se produjo un homicidio. Preside el consejo el teniente coronel Sr. Vargas Barroso, y actúa de fiscal, el de primera clase, el comandante D. Tomás Piquer. Los abogados defensores de los procesados Emeterio Molina, Ansaldo Bernad e Ignacio Páez, son: D. Luis Langarita, comandante; D. Mariano Nasarre, capitán del Regimiento del Infante, y el también capitán D. Publio Márquez, respectivamente. Samuel Entrena, también procesado, está declarado en rebeldía, y se le instruye pieza separada [...].

Los procesados, excepto Ignacio Páez, han comparecido esposados y escoltados por soldados armados con bayonetas. Se muestran serenos y sonrientes.

Molina, en la sesión matinal, se ha mostrado en absoluto [?] tranquilo, hablando con sus familiares en uno de los descansos, y recomendándoles calma; pero luego, a medida que se desarrollaba el acto se fue abatiendo, a diferencia de Bernad, que contestó con gran entereza a las preguntas de su abogado defensor.

Por la tarde se reúne nuevamente el Consejo de guerra, procediéndose a la lectura de los informes de las defensas, que son muy extensos [...].

Lo más interesante ha sido la lectura de una carta que Emeterio Molina, estando en la cárcel, dirigió a Feliciano Bernad, relatando lo ocurrido.

De esta carta se dice que Ansaldo fue el primero que golpeó al cobrador de la fábrica de regaliz, y que Ignacio Páez fue autor involuntario [!] de la muerte del niño.

Más tarde, el fiscal elevó a definitivas sus conclusiones y pidió para los tres procesados la pena de muerte.

El presidente declaró vista y para sentencia la causa, cuya sentencia, antes de hacerse pública, habrá de ser sometida a la aprobación del capitán general[6].

Unas lágrimas mojaron el papel. Samuel secó sus ojos con las yemas de los dedos. Miró hacia la barra, temeroso de ser observado por Melba: nadie había reparado en el detalle. Permaneció sentado durante bastante tiempo, dando pequeños sorbos a la bebida. El borracho seguía «destrozando» el corrido con su cada vez más plañidera voz:

Rosita ya está en el cielo
dando cuenta al Creador
Hipólito está en la cárcel
dando su declaración

Por su cabeza pasó toda la conversación que tuvo con Melba. Repasó con detenimiento cada una de sus palabras. De pronto se levantó y se dirigió a Melba. La hizo salir un momento a la calle. Hacía frío. Ella le miró, humilde y arrogante a un tiempo, intuyendo que algo importante estaba a punto de suceder. Él no se arredró:

—Quiero decirte dos cosas, Melba. Las dos son importantes para mí. Este domingo quiero oír misa en la iglesia del Santo Madero… ¿Vendrás conmigo?

—¿Y la segunda? —preguntó ella, antes de contestar. El corazón le latía con fuerza. Temió que él se diera cuenta.

—La segunda es la más importante, Melba. Quiero…, es decir, ¿qué debo hacer para que seas mi esposa? —preguntó, mirándola a los ojos.

Ella bajó la cabeza. Tras un prolongado silencio levantó la vista y se encontró con la de él:

—Hable con mi padre, Raúl. Él debe ser quien dé el visto bueno. Mi aprobación ya la tiene. Ahora falta la de él.

34

Cárcel de Predicadores.
Viernes, 7 de octubre de 1927

El juez Hilarión Reclús procedió a dar lectura a la sentencia del consejo de guerra. Los tres acusados, en compañía de sus abogados, esperaban expectantes.

Instruido sumario el día 4 de octubre del corriente año contra los tres detenidos, este consejo de guerra falla y condena:

Por el delito de robo y homicidio, a la pena de muerte para los tres encausados.

Por el delito de tenencia ilícita de armas, a la pena de seis meses de prisión correccional y sanción de 125 pesetas para los tres encausados.

Por el delito de disparo de arma de fuego, a la pena de un año, ocho meses y veintiún días de prisión correccional, imponiendo además las penas accesorias correspondientes, y siendo de abono el tiempo de prisión preventiva sufrida, para los encausados Emeterio Molina e Ignacio Páez.

Se sanciona, además, a los tres encausados al pago in sólidum *de 1.980 pesetas para restituir la cantidad sustraída y no recuperada, 500 pesetas de indemnización en concepto de lesiones a Benedicto Osorio, y 10.000 pesetas a la familia del fallecido Serafín Movilla»*[7].

El militar leyó los nombres y graduación de los firmantes

de la sentencia. Preguntó a los reos si querían firmar el documento, a lo que se negaron los tres, aleccionados por sus abogados. Sí tuvieron que hacerlo Nasarre y Langarita, en calidad de testigos.

Realizado el protocolo, los defensores quedaron a solas con los presos. Reinaba en el ambiente una gran tensión. Ignacio buscó consuelo en Márquez, suplicándole:

—¡Pena de muerte! —se lamentó—. ¿Cómo puede ser eso? ¡Pero!... ¡Si somos inocentes!... ¡Decidme que no nos matarán!... —imploró a los abogados.

Luis Langarita quiso reconfortar a los tres jóvenes.

—¡Calma, señores, calma! Sólo se ha perdido la primera batalla. Apelaremos al Supremo. Conseguiremos que revoquen la sentencia en Madrid. Ya lo verán. ¡Ánimo!

Ansaldo y Emeterio parecían estatuas: aplomado por la sentencia el segundo; escéptico aquél. Ignacio entró en una especie de decaimiento. Sus labios musitaban de vez en cuando frases inconexas; palabras sin sentido que nadie lograba entender.

—No obstante, debemos aclarar cómo está la situación en estos momentos —terció Márquez, con la seriedad que a su semblante le conferían los aladares al rape—. Ahora debemos perseguir el mal menor, esto es, solicitar la cadena perpetua para evitar la pena de muerte.

—Demostraremos, con resoluciones de otras condenas en mano, que la sanción es desproporcionada; fuera de lugar. ¡Deben; tienen que rectificar, compañeros! —opinó el abogado de Ansaldo.

—No servirá de nada —dijo éste, tranquilamente—. Ya tienen a los chivos expiatorios que necesitaban. ¿Creéis que el dictador va a permitir que se revoque la sentencia? ¡No seáis ilusos!...

—Hay dos «perecedentes» bien recientes, Ansaldo —dijo

Márquez, quien quiso evitar que cundiera el desánimo entre ellos. Le preocupaba el decaimiento moral que presentaba Ignacio desde su encierro—. Uno se «porodujo» en Sevilla y otro en Tarragona. En los dos hubo intención de matar para robar, y en ambos casos se eludió la última pena. No demos por perdido el partido antes de jugarlo.

—¿Eran anarquistas o simplemente atracadores? —preguntó Ansaldo.

Un embarazoso silencio flotó en la atmósfera. Los letrados no supieron que decir. Sus esfuerzos por mantener viva la llama de la esperanza en los tres jóvenes eran evidentes; sin embargo, de sobra conocían la dificultad de la empresa.

—Ansaldo está en lo cierto —reconoció Emeterio, cabizbajo—. Seguramente, no rectificarán. Debemos prepararnos para esa eventualidad.

35

Consejo Supremo de Guerra y Marina.
Madrid, 7 de noviembre.

Había llegado el día. Un mes después del fallo que los condenó a muerte, el Supremo revisaba el caso. Los defensores de los inculpados se presentaron en Madrid la misma mañana de la vista. La notificación les cayó como un jarro de agua fría. No les dio buena espina a los abogados defensores la celeridad con la que se revisaba la sentencia. No era un buen síntoma. Parecían tener interés en finiquitar el asunto cuanto antes. Los precedentes decían que una revisión rápida equivalía a la confirmación de la condena; por el contrario, una cierta tardanza significaba a menudo la conmutación de la pena capital.

A las once de la mañana se reunió el Consejo Supremo de Guerra y Marina. Estaba presidido por el teniente general Julio Macanaz. Seis consejeros, togados todos, componían el consejo, entre ellos los respetadísimos hermanos De Castro, Mariano y Pedro. Actuaba como fiscal el auditor de división Sr. Cervantes López.

El relator, Sr. Mendoza Oliveira comenzó a dar lectura al apuntamiento sobre el caso, que no concluyó hasta pasadas las doce del mediodía.

Abrió el fuego el fiscal, Sr. Cervantes, quien después de relatar extensamente los hechos ocurridos concluyó:

—Estamos hoy aquí, señores, para impartir justicia. Y para mí, impartir justicia significa declarar mi total aprobación a la pena impuesta. Poco más se puede discutir: Que los acusados pertenecían a una sociedad anarquizante llamada *Sauce* es un hecho probado. Que el delito encierra en sí la agravante de abuso de superioridad, trayendo aparejado un homicidio, y que el mismo entra de lleno en el Real Decreto de 13 de abril de 1924, es evidente. Por todo ello, no puedo estar más de acuerdo con el fallo del consejo de guerra ordinario y pido para los tres encausados la confirmación de la pena ya impuesta.

Comenzó el turno para las defensas. El primero en intervenir, Luis Langarita, intentó desarmar la argumentación del fiscal sobre el abuso de superioridad, pues era la piedra angular sobre la que descansaba la condena. Citó varias jurisprudencias del Supremo que rechazaban dicha agravante en los robos con violencia a personas, puesto que «la superioridad no es manifiesta si no va acompañada de alevosía», argumentó con elocuencia.

—Con respecto al delito de homicidio que se está juzgando —siguió—, no puede aplicarse la pena de muerte a ninguno de los tres acusados, puesto que la muerte que se derivó del robo fue totalmente fortuita; jamás fue preconcebido para causar daño.

Quisiera recordar a este consejo dos sentencias del año pasado: la primera data del 22 de junio. Algunos de sus miembros la conocerán mejor que yo, pues formaron parte de aquel tribunal. En ella se dice que unos atracadores dieron muerte a un representante del clero para robarle, en la ciudad de Sevilla. Fueron absueltos de la pena de muerte.

La otra es del día 4 de diciembre del mismo año. En Tarragona. Tres hombres interceptan a un cobrador de la aseguradora *Viena*. Acaban con su vida de un disparo mientras se apoderan de la cartera que contenía seis mil pesetas. También eludieron la pena capital. En ninguno de los dos casos referidos se apreció la agravante de abuso de superioridad.

En el que hoy nos ocupa, el caso es distinto: Los acusados usaron una porra de madera en el asalto, de donde se deduce que no tuvieron intención de matar; tan sólo la conjunción de varios factores, todos ellos desafortunados, desembocó en tan dramático final. Pido, pues, para mi patrocinado Emeterio Molina Diego la pena de cadena perpetua más las accesorias impuestas por la fiscalía en la resolución anterior —remató Langarita[8].

A continuación intervino el abogado de Ansaldo, el capitán Nasarre. Hizo una presentación de los hechos, refiriendo con todo lujo de detalles la incubación de los hechos.

—Difiero en la opinión de su señoría —dijo, dirigiéndose al fiscal— de que los acusados pertenezcan a sociedad anarquizante alguna, como quedó demostrado anteriormente, al no ser considerados como sindicalistas ni ser conocidos como pistoleros en los archivos policiales.

Coincido plenamente con mi colega en que no puede aplicarse la agravante tantas veces citada, por los dos casos anteriormente citados por él, y que no detallaré por no caer en la reiteración.

Aun reconociendo que con arreglo al Real Decreto, «los que tomaran parte como autores o cómplices en un delito de robo a mano armada, se les aplicará la misma condena», debo recordar como mi cliente, asustado por lo inesperado de la situación, no dudó en darse a la fuga, como quedó demostrado en el auto, no participando, ni tan siquiera presencialmente en los hechos que más tarde se producirían.

Reclamo, pues, la anulación de la condena, y solicito para mi defendido, Ansaldo Bernad Melero la pena de cadena perpetua, más las accesorias reclamadas por la acusación[9].

Llegó el turno de Márquez. En lugar de apoyarse en los supuestos de sus colegas quiso incidir en la personalidad de Ignacio; demostrar su honradez, romper la imagen estereotipada que podía representar para el tribunal, en virtud de su participación en el tiroteo.

—Ignacio Páez, como «demostararé», es un joven de grandes valores, al decir de todos los que lo trataron, enormemente laborioso desde su «pirimera» juventud; «pádere» —a pesar de la importancia del caso, algunas risitas se escucharon, imposibles de sofocar, entre algunos miembros del consejo— y amante de su familia y de su hogar. Tengo en mi poder, señor —se dirigió al presidente, facilitándole unos documentos—, tres certificados de buena conducta expedidos por algunos de los patronos para los que trabajó, que nos pueden ayudar a conocer a mi defendido.

Niego rotundamente que mi cliente pertenezca a sociedad alguna de ideas revolucionarias. Carece de antecedentes penales y no consta como pistolero, ni tampoco como activista en ningún archivo. Es evidente que tomó parte en los hechos que estamos discutiendo, pero no se ha podido «demostarar» que sea el causante directo de la muerte del muchacho. Participó coaccionado por el verdadero «ceréboro» del atraco, que no es otro que Samuel «Enterena», declarado en rebeldía y en paradero desconocido. La perniciosa influencia de ese «hómbere» sobre mi defendido corrompió su condición de «hómbere» bueno y esforzado. Con estos argumentos, solicito de este «tiribunal» para mi defendido Ignacio Páez Romanos la pena de cadena perpetua más las accesorias solicitadas por la fiscalía[10].

Una vez se hubo escuchado a todas las partes, el presidente suspendió la vista durante media hora. Los relojes marcaban casi la una del mediodía.

Tras el inciso, llegó el turno de las consideraciones finales. El fiscal volvió a extenderse en detalles sobre la tan citada agravante, dando lectura a diferentes artículos del Código de Justicia Militar, con la clara intención de demostrar que ésta entraba de pleno en los citados preceptos. Quiso incidir en disquisiciones de tipo moral, alegando que «casos como el que se está debatiendo deben castigarse severamente, señores, si no queremos que el sistema se derrumbe».

—Aun reconociendo —dirigió esta vez su perorata hacia Nasarre— que el procesado Ansaldo Bernad no participó en el atraco sino en el principio del mismo no deben hacerse excepciones a la hora de impartir las condenas, pues con arreglo al Real Decreto «tanto los autores como los cómplices sufrirán idéntico castigo en los robos a mano armada». Por tanto, me reafirmo en mis peticiones anteriores sobre la condena que este tribunal ha de imponer a los tres encausados —concluyó el fiscal.

La vista estaba en sus momentos finales. Nada podía apuntarse que no estuviese dicho anteriormente. Nasarre intentó conmover a los miembros del consejo:

—Apelo a su rectitud y generosidad, señores, y en último

término, ¡a mi patrona, la Virgen del Pilar! ¡Que no tenga que vestirse de duelo nuestra ciudad, ni se le haga pasar por semejante trance! —exclamó histriónicamente, con los brazos alzados al cielo[11].

A las dos menos cuarto, el presidente dio por concluida la vista. El Consejo Supremo de Guerra se retiraba a deliberar sobre el veredicto, que no sería público antes de los dos días siguientes.

36

EL CORREO DE ARAGÓN
Martes, 8 de noviembre.

Vista de una causa.

Ayer mañana se constituyó la sala de justicia del Consejo Supremo de Guerra y Marina para ver la causa instruida con motivo del atraco a un cobrador de una fábrica.

Presidió el general Macanaz y actuaron, de ponente, el general Gárate, y de relator, don Antonio Mendoza Oliveira [...].

Detenido Emeterio Molina, refirió todos los antecedentes del hecho, denunciando como autores del mismo también a Ansaldo Bernad e Ignacio Páez.

Fueron procesados los tres y sometidos a Consejo de Guerra, condenándolos a la pena de muerte.

Pasado el sumario al Consejo Supremo de Guerra y Marina, el fiscal pidió la confirmación de la sentencia.

El defensor de Emeterio Molina sostuvo que procedía imponer a su defendido la pena de cadena perpetua y no de muerte, por no apreciar la agravante de perversidad en que se obstina el fiscal.

El defensor de Páez pidió también la conmutación de la pena, y lo mismo el defensor de Ansaldo Bernad, quien en tono patético invocó a la

Virgen del Pilar para que no se diese ese día de luto a la ciudad.

La causa quedó conclusa para sentencia[12].

37

El padre Francisco Azpiazu traspasó, como todos los días a las seis de la tarde, el pórtico de la iglesia de San Pablo, donde llevaba oficiando como párroco sus buenos veinte años, cuando llegó a la ciudad, procedente de su Pamplona natal. La hirsuta barba, hasta mitad de pecho y totalmente nevada, le confería aspecto de eremita. Ya bien entrado en años, caminaba, no obstante, con buen aire. En su cabeza, casi monda, aparecían escasas agrupaciones de finos cabellos diseminados caprichosamente aquí y allá como pequeños islotes. Sus ojos eran negros y pequeños; astutos. Celebraba de lunes a viernes misa de siete, pero gustaba de llegar con tiempo de sobra por si alguien quería confesarse.

Al mismo tiempo que párroco, el padre Francisco impartía su ministerio como capellán en la cercana prisión de Predicadores, que ocupaba su tiempo todas las mañanas, excepto las del domingo, que doblaba en la iglesia.

Concentrado en los preparativos del altar apenas percibió al hombre que, frente al retablo mayor, iba de un lado para otro, titubeante. No le sonó su cara. Probablemente iría de paso y le pasó por la cabeza entrar a oír misa. Como el hombre no le quitara la vista de encima supuso que quería entrevistarse con él, así que acudió a su encuentro. El joven —no parecía llegar a la treintena— se frotaba las manos; gesto característico en algunos hombres atacados por los nervios. El padre Francisco captó su estado de ánimo aun antes de cruzar palabra.

—No me suena tu cara, hijo —le dijo el cura, acercándose a él— ¿Eres nuevo en el barrio?

—No, padre —contestó el hombre—. Visité a un compañero de cuartel, que vive cerca de aquí. Al pasar por la puerta —dirigió su dedo índice hacia la entrada del templo— sentí deseos de entrar. No sé bien el porqué. Quizá sea que llevo años sin pisar una iglesia. ¡Entiéndame, padre! No es que sea ateo ni nada parecido… Es, simplemente, que…

El cura le ayudó a salir del lío:

—Te entiendo perfectamente, hijo. A veces, descuidamos nuestros deberes. A todos nos pasa en determinadas circunstancias, no creas… Para eso estamos aquí. Para recuperar a la oveja descarriada. A menudo la más valiosa a los ojos del Señor.

—Nunca he entendido muy bien eso, padre. Con tantos fieles llenando los reclinatorios, ¿para qué preocuparse por el descarriado?

—Cuando era niño, mi padre, que en gloria esté, me sentaba en el último banco de la iglesia. Yo veía que la gente se disputaba los puestos primeros, frente al altar. Los pudientes siempre delante, de punta en blanco. Los más miserables, detrás. Un día me dijo: «En la iglesia, hijo mío, confía más en las gentes que se sitúan atrás que en las que ocupan los primeros bancos». No sé si con esto contesto a tu pregunta —dijo el sacerdote.

Sin darse cuenta, habían entrado en conversación con extraordinaria familiaridad, como si se conocieran desde siempre. El padre Francisco le preguntó por su nombre.

Adán, padre. Adán Núñez —respondió—. Soy sargento del ejército. De tres años a esta parte estoy destinado en el Depósito de Sementales, en la calle del Asalto.

A fuerza de explorar los vericuetos de las almas durante tantos años, el padre Francisco descubrió que algo atormentaba a aquel hombre. No había llegado hasta allí por azar: necesitaba desahogarse.

—Hay algo que te preocupa, hijo mío. Quizás pueda ayudarte, si así lo deseas.

—¡Tiene razón, padre! Tengo un problema que no me deja vivir ni dormir desde hace más de tres meses. Se trata de una muerte… ¡Padre, le pido confesión! —casi le exigió Adán.

El cura quedó ensimismado durante un tiempo. Al fin salió de su breve letargo.

—¡Como quieras, hijo. ¡Sígueme!

El padre Francisco entró en el habitáculo del confesionario. Adán se situó de rodillas, mirando la rejilla entretejida que servía de nexo de comunicación entre confesor y penitente.

—Ave María Purísima.

—Sin pecado concebida —respondió Adán.

El cura bajó la vista al suelo mientras se acariciaba la frente.

—¿Cuáles son tus pecados, hijo?

—No es lo que está pensando, padre. No he matado a nadie… o al menos, no voluntariamente.

El sacerdote guardó silencio, animando con ello a que el joven se expresara.

—Fue un atraco, padre, perpetrado por cuatro hombres, cerca del cuartel. Hacia allí me encaminaba aquella mañana, cuando vi como sucedía todo. ¡En mala hora tuve yo que encontrarme con aquello! Dos de ellos sujetaban y golpeaban a un hombre para robarle. Algunos testigos, y yo mismo, salimos en su persecución. Al igual que los atracadores, yo iba armado. Hubo un tiroteo, que se saldó con un niño de doce años muerto. ¡Una víctima inocente, padre! Ahora hay tres hombres en la cárcel, condenados al garrote. Y otro, que soy yo, en libertad, y con tal desasosiego que apenas pego ojo…

El padre Francisco conocía el caso. Los reos se hallaban recluidos en la prisión donde él desempeñaba sus funciones de capellán. Apenas se hizo oficial la sentencia que les condenaba a muerte intentó acercarse a ellos para reconfortarles, pero ninguno de los tres accedió a hablar con él.

—¿Quieres decir que esas almas podrían ser inocentes? —inquirió el sacerdote

—De la muerte del niño… puede. Yo también disparé. Uno de ellos abrió fuego contra mí varias veces. Yo también lo hice… Creo que fue mi disparo el que le alcanzó. No se lo he dicho a nadie. ¡Ni siquiera a mi mujer! Sólo usted lo sabe, padre.

—Y Dios, hijo… No olvides que Él todo lo ve.

— ¿Qué opina que debo hacer, padre?

—Acudir a la justicia, hijo. Desnudar tus inquietudes ante ella. Hay tres vidas pendientes de tu confesión que tal vez puedan salvarse. O quizás no; eso ya pertenece a la justicia de los hombres.

—¡Pero!…, ¡a saber que castigo me impondrán!… ¡Me expulsarán del cuerpo! ¡Seré señalado por la calle por el dedo acusador! ¡No puedo hacerlo, padre! ¡Lo siento!

Dos furtivas lágrimas corrieron por las mejillas del padre Francisco. Se libró de ellas con un gesto suave.

—Es tu decisión, y yo no puedo hacer nada más por ti, hijo. Solamente rezar por tu alma —Tragó saliva y continuó—. ¿Te arrepientes de todos tus pecados?

—¡Sí, padre! —contestó, ansioso.

—Te excuso la penitencia, hijo. Probablemente la lleves a cuestas durante toda tu existencia, o hasta que encuentres el modo de reparar la ofensa que haces a esos hombres: «*Ego te absolvo a peccatis tuis in nomine Patris et Filii et Spiritus Sancti*».

—Amén —respondió Adán.

38

Viernes, 11 de noviembre.

Sofía abrió la puerta. Su hermano Feliciano franqueó la entrada con gesto sombrío y se dirigió directamente hasta su dormitorio sin decir palabra. «Mala señal», pensó ella. Luciano, el padre, se encontraba en su alcoba cuidando de la esposa, que se encontraba algo decaída de moral. Corrió al encuentro del hijo, apenas barruntó su llegada. El rostro descompuesto del primogénito podría haber suplido perfectamente a las palabras. A pesar de ello, Feliciano musitó, mientras abrazaba al anciano:

—¡Los han vuelto a condenar a muerte! ¡Los van a matar, padre!

Casi todo el clan se hallaba en aquella habitación: Las hermanas se abrazaban entre ellas, ahogando el llanto, procurando no alertar a la madre.

Una vez superado su momento de debilidad, Feliciano puso en antecedentes a la familia:

—Ahora todo se centra en conseguir el indulto. La sentencia es para el lunes, a las siete de la mañana. Ellos todavía no saben nada. Los abogados nos recomiendan que vayamos en persona hasta Madrid, sin perder tiempo, donde mañana el Gobierno celebra una asamblea. Tomamos el tren esta misma tarde. Nos acompañará el comandante Langarita, abogado de Molina. También tiene previsto desplazarse hasta allí el alcalde. Dicen que hay posibilidades… Iremos madre y yo, por nuestra parte. También las madres de Molina y Páez. Incluso su mujer, con la niña. Dicen los abogados que es importante la presencia de las mujeres y de la criatura, ya que ello puede mover a sentimentalismos en el Gobierno.

—De acuerdo, hijo. Ahora, debo volver junto a tu madre. Debo prepararla para que acepte la mala noticia.

—Deje que me encargue yo de ese menester, padre. Es mi deber.

39

Sábado, 12 de noviembre.

A las ocho de la mañana llegaban a Madrid las familias: las madres de los tres reos, el hermano de Ansaldo, Feliciano, y la esposa de Ignacio, Encarna, con su pequeña de siete meses. Les acompañaba el abogado de Molina, el comandante Luis Langarita.

En el andén les esperaba una gran representación de la prensa madrileña. Las luces de los *flashes* sorprendieron a la niña, que abrió de par en par sus redondos ojos. Un bucle de su cabello sobresalía por debajo del gorro que copaba su cabecita, decorando graciosamente su frente. Las ropas de las ancianas, modestas y rigurosamente oscuras acentuaban la amargura de sus caras. Encarna, la esposa de Ignacio, iba mejor arreglada: se cubría con un abrigo *beige*, bastante nuevo, con borreguillo en el cuello. Feliciano, por su parte, vestía traje oscuro y corbata sin anudar. No les sorprendió la recepción, pues Langarita ya les había advertido del interés que el caso había despertado en la capital. También de la conveniencia de responder a las preguntas de la prensa. Interesaba la relevancia que pudiera adquirir su presencia allí.

Un reportero de *La crónica de Madrid* les invitó a visitar más tarde la redacción, donde podrían exponer el dramático caso. Langarita, en representación de aquellas pobres gentes aceptó sin dudarlo.

40

Palacio de las Cortes de España, Madrid.
Sábado, 12 de noviembre.

Una vez en la sede de Asambleas del Gobierno, en la sala de visitas, el alcalde Miguel Belsué, que también se había desplazado hasta Madrid, habló con las familias:

—Me he entrevistado con el jefe del Gobierno, Primo de Rivera, quien me ha prometido debatir el asunto en el Consejo que se va a celebrar por la tarde para ver si se puede conseguir el indulto. No perdamos la fe —les dijo a las mujeres—. Esperemos a ver que resolución adopta el Gobierno. Y, en último término, el rey, que llega esta noche.

Las mujeres imploraron al alcalde:

—¡Piedad, señor! ¡Que no nos los maten! —gimió la madre de Ansaldo, cogiendo por la mano al alcalde.

—¡Que los perdonen! ¡Por el amor de Dios!—rogó Marina, la de Emeterio.

—¡Tranquilícense! —intentó calmarles el primer edil.

—¡No dejen huérfana a esta «criaturica» bendita, señor! —

exclamó Encarna, con la pequeña en brazos, apretándola contra su pecho.

Langarita, acompañado en todo momento por Feliciano, hizo un aparte con el alcalde:

—Se me ha ocurrido, don Miguel, impetrar el indulto a las esposas de los asambleístas. Todos sabemos que el corazón femenino es más dado a sensibilidades que el de los hombres. Creo que ellas podrían hacer mucho. Tal vez puedan influir sobre sus esposos.

—Me parece una excelente idea, Luis —dijo el alcalde—. ¡Pongámosla en práctica!

Mientras, el grupo de familiares quedó en la sala, atendido por multitud de personas que les procuraban todo tipo de solicitudes[13].

41

—¿Qué puede adelantar sobre el indulto de los tres reos, señor presidente? —le preguntaron.

El jefe del Gobierno se paró ante los periodistas que se apelotonaban afuera apenas hubo traspasado el umbral de la sala de asambleas. Los reporteros se agolpaban a su alrededor, respetando, eso sí, un perímetro invisible alrededor del dictador. Iba elegantemente vestido; con sobriedad. Elevó su mentón y se atusó el ceniciento bigote. Por su gesto grave se podía adivinar el signo de su respuesta:

—Se ha debatido el tema intensamente, créanme. Por las particularidades extraordinariamente graves que el caso encierra, el Gobierno, muy a nuestro pesar, ha decidido no aconsejar a Su Majestad que conceda el indulto, aunque este mismo Gobierno tratará de trasladar al rey la amargura y desconsuelo que sufren sus familiares para que decida, en virtud de su gracia, si debe o no mostrarse indulgente.

—¿Quiere esto decir que pueden ser ejecutados pasado mañana? —se aventuró a preguntar una voz.

—No insistan en preguntar lo que no puedo ni debo decir en estos momentos, caballeros. La ley es dura, pero es la ley; y debemos acatarla, y velar para que se cumpla aun con todo nuestro pesar. Y ahora, si me permiten[14]...

42

EL CORREO DE ARAGÓN
Sábado, 12 de noviembre.

Se confirma la sentencia contra tres atracadores.

El pasado viernes se recibió en la Capitanía General de esta región la sentencia del Tribunal Supremo de Guerra y Marina, cuyo fallo condenaba a muerte a los reos Emeterio Molina, Ansaldo Bernad e Ignacio Páez, por el delito de atraco a mano armada al cobrador de la fábrica de regaliz, y en el que resultó muerto el niño Serafín Movilla.

Inmediatamente se dieron las órdenes en esta Capitanía para la ejecución del fallo [...][15].

LA CRÓNICA DE MADRID
Domingo, 13 de noviembre.

Las familias de los reos acuden a la Asamblea a impetrar el perdón de los condenados.

A primera hora llegaron a la Asamblea, acompañados por el defensor de Emeterio Molina, D. Luis Langarita, las familias de los tres condenados a muerte por el atraco.

Eran la madre y el hermano de Ansaldo Bernad —Miguela Melero y Feliciano Bernad—; la madre de Molina, Marina Diego, y Apolonia Romanos y Encarna Gracia, madre y esposa, respectivamente, de Ignacio Páez.

Ésta última, que hace un año que se casó, llevaba en brazos una hijita de pocos meses.

Estas pobres mujeres, que con sus toscos vestidos y su aire humilde lloraban desconsoladas, emocionaron profundamente a cuantos las vieron.

Se entrevistaron con el alcalde de su ciudad, Sr. Belsué, que les dio cuenta de la conversación que acababa de tener con el general Primo de Rivera, el cual le había prometido que en el Consejillo que se iba a celebrar en la misma Asamblea se estudiaría el caso, para ver si era posible el indulto[...].

Mientras tanto, las familias de los tres reos han quedado rodeadas de personas que procuraban consolarlas y asistirlas en la sala de visitas[16].

43

Cárcel de Predicadores.
Domingo, 13 de noviembre. 12:00h.

El juez de instrucción volvió a notificarles la sentencia del Supremo, que no era otra que la ratificación de las penas impuestas con anterioridad. Se les condenaba a la pena de muerte. La ejecución se haría efectiva al día siguiente, a partir de las siete de la mañana. Quedaban diecinueve horas por delante. Menos de un día, luchando contra el reloj, esperando que llegara el indulto.

Firmaron la sentencia Nasarre y Márquez, como testigos. Langarita no hizo acto de presencia, pues había regresado bien avanzada la madrugada de su viaje a Madrid, buscando el perdón.

Los condenados encajaron la condena con pasmosa resignación. Tan sólo un largo resoplido salió del pecho de Emeterio. Ignacio mantuvo el tipo, bastante alejado del histérico comportamiento que mantuvo en la primera condena. Ansaldo permaneció impasible.

—Tened esperanza, compañeros —dijo Nasarre—. Langarita viajó ayer a Madrid, junto a vuestros familiares, para pedir el indulto. El caso ha armado un gran revuelo en la capital. También ha viajado hasta allí nuestro alcalde para entrevistarse con Primo de Rivera. Todo saldrá bien; no desesperéis…

—Pero… ¿Hay noticias? ¿Se sabe algo ya?—preguntó Ignacio, momentáneamente esperanzado.

—Los indultos siempre suelen concederse a ultimísima hora, «porobablemente» para que el condenado «pague su castigo» penando hasta el final —intervino Márquez—. De esta manera, la angustia es tal que el condenado escarmienta de sus malas acciones. Es, dijéramos, una labor de «reinserción social», un tanto «macábara», por cierto.

Su explicación era terapéutica, encaminada a levantar la moral de aquellos hombres, que se iban a enfrentar en sus últimas horas a una presión imposible de soportar, manteniendo así la esperanza hasta el final. Como abogado en la causa sabía que la Audiencia local —que no contaba con verdugo desde finales del siglo pasado— ya había enviado a las de Burgos y Madrid el mandato requiriendo «los servicios» de sus ejecutores de sentencias (como eufemísticamente se les denominaba). Y eso sin duda dificultaba la llegada del indulto. Rara vez era perdonado el reo una vez movilizado al verdugo, quien tenía derecho a cobrar dietas de desplazamiento tanto si «actuaba» como si no. Y la Administración no tenía por costumbre tirar el dinero.

Una vez recibida la sentencia, los reos pasaron a capilla, que consistía en una gran habitación rectangular con un altar en una de sus paredes. Éstas se hallaban pintadas de un color rosa muy tenue. No era el tono de la pintura motivo baladí, pues quedaba demostrado que ciertas gamas de colores procuraban efectos tranquilizantes a los espíritus desasosegados que tenían la desgracia de ocupar aquella estancia.

En cada uno de sus respectivos ángulos existían unos pequeños departamentos, sin puerta, con un jergón en cada uno, sin ningún otro tipo de mullido que una manta doblada, habilitados para el «descanso» de los condenados. A lo largo de la habitación se habían dispuesto varios banquillos, pensados para las visitas, que solían ser numerosas en aquellas ocasiones, eso sin contar con los voluntarios de la Hermandad de la Sangre de Cristo, organización religiosa que siempre acompañaba a los reos de muerte en sus últimos momentos, procurándoles consuelo, a la vez que se hacían cargo de los cuerpos para darles sepultura. También era habitual que recaudaran fondos para las familias, que a menudo quedaban en desamparo.

44

Burgos.
Viernes, 11 de noviembre.

Audiencia Provincial de Burgos
Secretaría.

De orden de esta Audiencia Provincial, pongo en conocimiento de Vd. Que para el día CATORCE DEL ACTUAL y hora de las siete de su mañana, se ha señalado la ejecución de la pena de muerte impuesta a los procesados ANSALDO BERNAD, IGNACIO PÁEZ Y EMETERIO MOLINA, que se llevará a efecto en la PRISIÓN PROVINCIAL DE PREDICADORES, en méritos del sumario nº 13 de 1927 y ratificado por Consejo Supremo de Guerra y Marina, sobre asesinatos.

Lo que pongo en conocimiento de Vd. A los efectos procedentes.

Dios guarde a Vd. Muchos años.

A 11 de noviembre de 1927.

Señor Ejecutor de la justicia, adscrito a la Audiencia provincial de Burgos[17].

Gervasio Gabarre sostenía la notificación impresa en papel barba entre sus manos mientras el bedel de la Audiencia, que se había llegado hasta su domicilio para entregársela en mano le explicaba los pormenores, como siempre cada vez que recibía un aviso como aquel, pues el hombre apenas sabía leer:

—Son tres a los que tiene que ejecutar, Gervasio. El lunes a las siete. Pero no va a estar solo. Mandan también al verdugo de Madrid.

—¿Otra vez con Expósito? —protestó Gervasio— ¡Maldita sea mi suerte!

—¡No será para tanto, hombre! —exclamó el bedel.

—Lo que yo le diga, Facundo. Ese hombre tiene las manos que parecen pies, de puro torpe. ¡Ni aun poner el corbatín sabe! Todavía no se me va de la cabeza la que «preparó» en Madrid, en el año veinticuatro, cuando «lo» del expreso de Andalucía.

—¿Qué le pasó aquel día? ¡Ande, cuente, cuente! —replicó el ordenanza.

Demasiado bien lo sabía, pues Gervasio se repetía con frecuencia. Sería cosa de los años, probablemente. A sus sesenta y seis años se encontraba en el ocaso de su «carrera», y tal vez de su vida.

—Fue la primera vez que actuamos juntos. Cuando vio mi «herramienta» —así llamaba Gervasio a su artilugio de ejecutar— ya montada en uno de los postes, toda reluciente y engrasada, en contraposición a su armatoste viejo y roñoso, se quedó sin habla[18]. Expósito es hombre de poco espíritu. Cuando le tocó despachar al suyo, andaba nervioso como un principiante. No atinaba a apretar la correa que sujetaba al preso contra el poste. «¡Date maña o nos darán las uvas!»[19], le dije. Cuando volteó la manivela, lo hizo con poca determinación. El condenado comenzó a convulsionarse. Para más desgracia se desprendió el pañuelo que le cubría la cabeza, mostrando un rostro casi negro, de tan abotargado como estaba. Sus ojos parecían a punto de estallar. El médico que le tomaba el pulso dijo que aún vivía, con un gesto de su cabeza. «¡Expósito, me vas a enterrar», le grité, amargado. «¡No... puedo... apretar más!... ¡Haz algo!», decía él, prácticamente colgado de la manivela. Al final tuve que actuar: «¡Hazte a un lado y aprende, necio! ¡Hay que apretar así!», le dije, y accioné la manija con fuerza, dando casi una vuelta de campana. Las vértebras cedieron, y el cuello de la víctima se dislocó en el acto, inclinándose la cabeza hacia delante[20]. Todo ello en un momento. Hasta el alcaide de la prisión me lo agradeció más tarde.

—¡Bueno, bueno!... No siempre va a salir mal, Gervasio —le animó el otro—. Además, como decano en la profesión, a usted le corresponden dos de los reos, con la consiguiente gratificación.

—¡Esa es otra!—dijo. Encima de todo eso, su sueldo es mayor que el mío, pues él pertenece a la Audiencia de Madrid, más importante que la de Burgos[21].

—Bueno, Gervasio, yo tengo que volver a mi puesto —acabó por despedirse el bedel. Le ofreció su pluma—. Sírvase firmar el recibí. Y recuerde: el lunes próximo, a las siete. ¡Que todo vaya bien, hombre! —se despidió, dándole una palmadita en el hombro.

Gervasio Gabarre era bajo, excesivamente bajo, más bien, y delgado, enjuto, de rostro moreno, casi negro. De él se decía que por sus venas corría sangre gitana; punto que él siempre negaba enérgicamente. Siempre iba tocado con boina negra, blusón claro un par de tallas mayor y pantalones de recio tergal. Se había convertido en el verdugo más célebre del país, no en vano llevaba más de cuarenta años agarrotando criminales. Adscrito a la Audiencia de Burgos, había reinventado aquella macabra profesión, perfeccionando el garrote de tal manera que los condenados que tenían «la suerte» de ser ejecutados por él, si bien pudiera parecer excesivo que dieran muestras de regocijo, si sentían cierto alivio, albergando al menos la esperanza de pasar a mejor vida sin demasiados padecimientos. «Me encontré con una antigualla de principios del siglo pasado —solía contar— ¡Y miren ustedes cómo brilla, y lo pulido que está! Ni una marca; ni una herida deja en el cuello de los pobres infelices. Con poco menos de una vuelta, todo ha terminado»[22]. En efecto, buscando la mayor eficacia en su trabajo había desbastado cualquier ángulo del metal hasta redondearlo de tal forma que no producía heridas en la piel. Jamás quiso revelar el secreto sobre la efectividad de aquel viejo aparato frente a los de los demás verdugos. Dejaba a los condenados como «de visita», o sea, sentados con aparente placidez y ligeramente inclinados hacia adelante, lejos de las posturas grotescas que presentaban otros agarrotados. Esto era —se decía— porque su mecanismo atacaba a las vértebras próximas al bulbo, desnucando a la víctima fulminantemente. Esto no sucedía así en los demás garrotes, que al actuar por debajo de la mandíbula mataban por asfixia, al cerrarse el corbatín o argolla anterior que corría de adelante hacia atrás contra el émbolo que empujaba de atrás hacia adelante, actuando, la mayoría de las veces, en una parte muy baja del cuello. Gervasio, tras darle muchas vueltas al asunto encontró la solución: varió el ángulo que proyectaba el émbolo trasero, dándole una trayectoria en ligero ascenso, desplazando con ello las primeras vértebras, como queda referido.

Todavía sin finalizar aquel año, contaba Gervasio que llevaba en su haber cerca de sesenta ejecuciones; dos fueron mujeres y el resto hombres. Destacaba entre ellas la del famoso magnicida Michelle Angiolillo, anarquista italiano, asesino del presidente Cánovas. Se dice de aquél que, momentos antes de ser ejecutado, pronunció, en un detestable español, las siguientes palabras: «A nadie guardo rencor: perdono a los guardias que me apresaron, al juez que me condenó. También al verdugo que está próximo a acabar conmigo; a todos, excepto a mis padres, por haberme criado alejado de la fe cristiana»[23].

—¡Maldita sea! —refunfuñó Gervasio, una vez se hubo quedado solo— Seguro que me la lía de nuevo, el condenado Expósito».

45

Domingo, 13 de noviembre. 16:35h.

La pareja de la Guardia Civil aguardaba en las inmediaciones del andén de la estación del Campo Sepulcro. Esperaban con impaciencia la llegada del expreso Madrid-Barcelona, que ya traía casi hora y media de retraso. En él viajaba el verdugo de Madrid, Mauricio Expósito, a quien deberían escoltar hasta la Audiencia local. Allí, tras pasar el preceptivo reconocimiento que la ley exigía —mera formalidad que venía de antiguo— el verdugo reconocía con su firma que se encontraba en perfectas condiciones para desempeñar su cometido; formulismo que volvía a repetirse una vez finalizado su trabajo.

Llevaba la ciudad bastantes años sin verse en aquellas desgraciadas circunstancias. Probablemente desde finales de la anterior centuria, cuando la Audiencia local todavía contaba con verdugo. Benito Palacián se fue al otro mundo anciano y en el ejercicio de la profesión, despachando entretanto a cerca de doscientas personas. «Y en plenitud de vigor físico», como les contó una vecina a dos periodistas que se acercaron hasta su domicilio, para cubrir la noticia de su muerte. Era el año 1896. A partir de entonces se estableció en cinco el número de Audiencias con verdugo operativas en España: la de Barcelona, Burgos, una tercera en Cáceres, otra en Granada y la última, la de la Audiencia de Sevilla. En ese mismo año, una Real Orden exigía suprimir las plazas de Burgos, Cáceres y Sevilla tan pronto como cesaran sus ejecutores de sentencias, en beneficio de la Audiencia de Madrid, necesaria por su alta concentración en delitos, y de las de La Coruña y Valencia[24].

El silbato del jefe de estación les advirtió de la llegada del tren. La locomotora llegó resoplando, mientras el chirrido de los frenos se confundía con el sonido de la bocina, hasta que al fin se detuvo trabajosamente. El sonido estridente de la máquina martilleaba acompasadamente, como si poseyera un descomunal corazón. Entre el vaho que despedían las calderas iban apareciendo los viajeros. Los ojos de ambos guardias no daban abasto, a través de la bruma, tratando de identificar a su hombre. Prácticamente despejado de gente el apeadero, emergió ante ellos la pobre figura de un individuo escuálido y de elevada estatura. Colgaba de su mano derecha un viejo maletín negro de madera, pelado por las esquinas, con el asa de sirga de cáñamo. Por el aspecto de su brazo, tirante, y su hombro, ligeramente bajo, aquel bulto debía sobrepasar con creces el peso de una arroba.

—Usted debe ser a quien venimos a buscar, ¿verdad? —dijo con voz grave uno de los dos guardias civiles, un cabo primero muy alto y recio, de unos treinta años y de tez oscura; muy moreno. Se quitó un momento el tricornio, para restregar con un pañuelo su reluciente cabeza, completamente calva.

Mauricio asintió con la cabeza. Para él no era nueva aquella situación, acostumbrado ya a los continuos desplazamientos en su profesión. Sobrepasaba los cuarenta, aunque se le daban bastantes más.

—Creo que sí —dijo—. Mauricio Expósito, ejecutor de sentencias, para servirles.

Aquel rostro cetrino tenía un extraño gesto melancólico, seguramente a causa de aquellos ojos, oscuros y siempre húmedos. La boina la llevaba ligeramente ladeada. Su boca, alargada y de labios imperceptibles, a duras penas podía esconder sus pocos y sucios dientes. Sus manos —todo el mundo posaba la vista en ellas cuando se enteraban a qué se dedicaba, y los dos policías no fueron una excepción— eran extraordinariamente largas y huesudas, lisas en su dorso, sin una arruga en la piel, donde le clareaban azules y sinuosas las venas. Y frías, como sin vida. Se abrigaba con una pieza clara de sarga llena de pliegues horizontales en las mangas, jersey grueso de punto lleno de pelusas, cuyo cuello, desbocado a causa del uso, sobresalía por encima de la chaqueta. Un gastado pantalón azul oscuro, en cuyas perneras le colgaban sendas bolsas a la altura de las rodillas, y unas enormes botas negras, sin brillo, remataban su indumentaria.

—¿Ha llegado ya el «viejo»? —preguntó.

Los agentes no comprendieron la pregunta. Él se dio cuenta y les puso en antecedentes:

—¡Sí, hombre! El otro verdugo, el de Burgos; yo le llamo el viejo —les aclaró—. Tengo entendido que «actuamos» juntos mañana.

—Llega más tarde, sobre las seis o así —respondió el otro guardia. Por su juventud, debía llevar poco tiempo en el cuerpo. Su rostro gordezuelo despertaba más simpatías que el de su binomio—. Él ya conoce bien la ciudad; no es necesario venir a buscarlo —añadió.

Aquellas pocas palabras fueron suficientes para delatar la procedencia del guardia. «Están por todas partes, estos andaluces», pensó Mauricio.

—Es cierto. Ahora me viene a la memoria haberle oído contar que vivió una temporada por aquí. Por cierto ¿Siempre hace tanto frío aquí? ¡Este maldito aire corta como un cuchillo!

—Cierzo, lo llamamos en esta tierra —atronó la voz del cabo—. Bueno…, pongámonos en marcha; le acompañaremos hasta la Audiencia —dijo, con su enorme vozarrón.

Tomaron el coche de punto que les esperaba en la puerta. El cochero arreó a la caballería. Durante el trayecto, Mauricio iba pensando en sus cosas. Detestaba la penosa vida que llevaba desde que tuvo la mala ocurrencia de presentarse a concurso para la plaza vacante, que se adjudicó entre un buen puñado de aspirantes.

Como si leyera sus pensamientos, el guardia raso, el del acento andaluz, le preguntó:

—¿Cómo le dio por dedicarse a este «negosio»?

—Las circunstancias, señor. La miseria hace a uno agarrarse a un clavo ardiendo. ¡En mala hora! Apenas salía por la puerta de la Audiencia con la plaza en en el bolsillo y ya me entraron ganas de renunciar. Verdad es que siempre fui hombre aprensivo; de lágrima fácil. ¡Y lo penoso que resulta extrangular a un hombre! ¿Ustedes saben lo que le cuesta morir? Todo está en el cuello. Cuando veo un cuello recio y vigoroso, pienso: «Amigo, prepárate a "echar la hiel"».

Además, la gente nos rehúye. ¡Ésa es otra! En más de un pueblo todavía quedan fuentes con un caño reservado exclusivamente para los verdugos. ¡Como se lo cuento! En algunas fondas nos niegan la entrada. ¿Acaso no vale mi dinero tanto como el de los demás? Nosotros sólo somos el brazo ejecutor; quienes dictan las sentencias de muerte son los jueces.

El verdugo calló unos instantes, una vez desahogado.

—Les contaré un secreto..., aunque... —Mauricio se interrumpió— Quizás estoy hablando demasiado...

— ¡Cuente, hombre, cuente! —le animó el andaluz.

—Es sobre mi pobre madre —soltó con tristeza—. Enfermó del disgusto, al enterarse a qué me dedicaba. Y ya no pudo recuperarse, la pobre. Aunque tal vez contribuyó a su muerte el contraer la difteria, más que otra cosa. En cualquier caso, me quedé sin ella. Y para mayor de males, mi mujer me abandonó. Y así me dejó, solo y con una criatura de ocho años al que criar[25].

Daba lastima oírle contar aquellas vicisitudes. El cabo quiso cambiar de tema. Señaló la maleta que el hombre sujetaba entre las rodillas.

—«Eso de ahí» —fue una aseveración más que una pregunta— deben ser los «trastos», supongo…

—Yo le llamo el «reconciliador», pues hace que todos se acuerden de Dios, aun cuando jamás han asistido a una misa... —sonrió— Es un buen garrote… No tan perfecto como el del viejo Gervasio, pero cumple. Por cierto, que todavía no sé por qué están condenados los tres reos que hay que ajusticiar…

—Robo y asesinato. Al parecer, son anarquistas.

Mauricio palideció. Hubiera preferido que fueran delincuentes comunes. Aún recordaba cómo acabó Aurelio Peris, verdugo de Barcelona, con el que había compartido patíbulo en alguna ocasión. En represalia por haber ejecutado a dos anarquistas que habían atracado un banco en Esparraguera, sus compañeros les vengaron, acribillándolo a tiros cuando salía de su casa. Más de una decena de disparos le hicieron. Eso fue en 1924[26].

—Y, ¿qué tal se lleva con el otro verdugo? —volvió a interesarse el cabo.

—Bueno… Yo lo aprecio de veras. Aunque él a mí… Tiene mal pronto. Se enfadó mucho conmigo en las dos últimas intervenciones mías junto a él. Cuando lo del correo de Andalucía, y la otra, en Vera de Bidasoa. Verdad es que no estuve acertado en ninguna de ellas, pero… Yo creo que está celoso, porque, por pertenecer yo a Madrid, mi sueldo es mayor que el suyo. ¡Como si también tuviera yo la culpa de ello! Además, a él, como decano en la profesión le toca despachar a dos, con la consiguiente prima.

Entre esas y otras consideraciones llegaron a la Audiencia Provincial. Los guardias condujeron a Mauricio dentro de sus dependencias.

QUINTA PARTE

46

Domingo, 15:00h

Langarita se dirigía a la cárcel con la familia de los condenados; los mismos que unas horas antes habían llegado con él desde Madrid. El alcalde Belsué, que tenía previsto regresar hoy mismo, en el rápido de la tarde, quedó en la capital, en espera de que fructificaran sus esfuerzos por conseguir el perdón. Venía Langarita moderadamente optimista. Acababa de entrevistarse, junto con algunos de los familiares, con la madre de Serafín, el niño fallecido, a la que habían conseguido arrancar un documento, firmado de su puño y letra, en el que perdonaba públicamente a los tres condenados y hacía votos para que les fuera conmutada la pena de muerte. Al principio se mostró reacia, todavía con su amargura a flor de piel, mas era mujer piadosa, de buenos sentimientos. Ver a aquellas madres, casi ancianas, postradas de hinojos ante ella, avergonzadas y suplicando su perdón, no pudo sufrirlo: «Levántense del suelo, señoras mías —les dijo, con voz ahogada por la emoción—; que esta tragedia no menoscaba su honra, que a ojos vista la tienen a raudales. Y, créanme que deseo de todo corazón que no pierdan a sus hijos, aunque yo ya no veré más a mi pobre Serafín».

Sabía el abogado que a esas horas ya habrían recibido los reos la fatídica sentencia. Ahora se trataba de acompañarlos en aquellas terribles horas mientras se agarraban al clavo ardiente del indulto.

En la puerta de la cárcel formaba una guardia de doce soldados, con las bayonetas caladas en los fusiles, en sustitución de la Guardia Civil, pues el reglamento de este cuerpo especifica claramente que «no deberán dar, los pertenecientes a esta corporación, guardia y escolta a los condenados a muerte». Ya habían comenzado a llegar algunos curiosos, merodeando frente a la puerta, intercambiando morbosos comentarios sobre el tan traído caso. Al advertir la llegada de los familiares la gente guardó un respetuoso silencio. Langarita, tras las pertinentes gestiones, condujo a los parientes hasta donde tenían instalada la capilla. Siguiendo sus pasos iban las tres madres, agarradas brazo con brazo; junto a ellas, Encarna, con la niña en la halda. Cerraban la comitiva dos atribulados padres, Luciano y Fausto, seguidos de Feliciano.

El encuentro fue conmovedor. Las madres lloraban desconsoladamente, abrazadas a sus hijos. Los tres abogados, hondamente impresionados, asistían a la escena discretamente a un lado. También se encontraban presentes, como era preceptivo, el juez instructor, el médico de la prisión y el padre Azpiazu, además de cuatro miembros de la Hermandad de la Sangre de Cristo, sobriamente vestidos con traje oscuro. Dos soldados montaban guardia en la puerta de entrada.

De cuando en cuando, si oían algún ruido del exterior, a los condenados se les iba la vista hacía la puerta, anhelando fervientemente que algún funcionario les trajera la buena nueva del indulto. El tiempo corría inexorablemente.

Ignacio, retirado en un rincón de la estancia, se abrazaba a su pequeña, a la que sostenía en sus brazos, cubriéndola de besos y murmurándole frases al oído. Emeterio, atendido por sus allegados, gritó de repente: «¡Es más cruel tenerle miedo a la muerte que morir[27]! ¡No perdamos el ánimo, compañeros!». Sin duda eran los primeros síntomas de los nervios a flor de piel. Un halo con olor a tragedia parecía flotar en el ambiente. Ansaldo sujetaba las manos de la madre entre las suyas. Intentó tranquilizarla mientras le prodigaba frases de consuelo. Luego, hizo un aparte con su hermano Feliciano, a quien entregó una carta, al tiempo que le decía:

—Dásela a conocer a nuestros padres y hermanos, si esto sigue su curso. En ella explico mis razones, que nunca entendiste muy bien. Te pido perdón por hacerte pasar por estos momentos tan dolorosos. Cuida de la familia, tal como has hecho siempre.

Feliciano lo abrazó, turbado. Estuvieron así, apretándose con fuerza, durante unos instantes.

—No desesperemos, hermano. Aún queda tiempo para el indulto; ya lo verás —dijo, conteniendo a duras penas la emoción.

—No nos engañemos, Feliciano. Todo está planificado de antemano —dijo Ansaldo en voz baja, para evitar ser oído por sus padres—. ¡Debes llevártelos, hermano! En casa estaréis mejor, la familia. ¡Te lo ruego! ¡Aquí sólo se respira muerte!

Llegaron más familiares. Raquel, Rosario, Sofía, Liria, el joven Marcelo, de apenas dieciocho años; Magdalena, y la pequeña Paula, de doce; todos ellos, hermanos de Ansaldo, corrieron a abrazarse a él, sin poder reprimir el llanto. También llegó con ellos Antonio, novio de Sofía; Merceditas, prima de Emeterio, y Elvirita, hermana de Ignacio. Acababan de dar las seis.

47

Dos horas más tarde, el padre Azpiazu instó a las familias a abandonar la capilla, en bien de los condenados, pues su presencia contribuía a excitar en demasía sus nervios.

—El perdón lo mismo puede venir con o sin ustedes —trató de tranquilizarles el capellán—. Tengan confianza en Dios.

—El padre tiene razón —dijo Nasarre. Les propongo que vayamos a recibir al alcalde, que viaja desde Madrid en estos momentos. Debemos enterarle de la carta firmada por la madre del niño. Quizás eso nos ayude…

—¡Dios le oiga… y les bendiga a los tres, por todo lo que están haciendo por nuestros hijos! —dijo la madre de Emeterio.

—¡Ojalá pudiéramos hacer más, señora mía! —contestó el defensor, con gesto de resignación.

Uno a uno, las familias se iban despidiendo de los tres hombres. Las madres lloraban a lágrima viva, abrazadas a sus hijos. Los hombres mantuvieron el tipo, prodigándoles palabras de esperanza. Por dentro estaban destrozados. El momento más dramático fue cuando a Ignacio le llegó el momento de dar el adiós a su esposa e hija. Abrazado a las dos, gritaba como un poseso: «¡Dejadme en paz, por favor! —rogaba a los que pretendían mediar— ¡En mala hora tuve yo que meterme en este embrollo! Para esto no me casé contigo, amor; ni tuve descendencia para no verla crecer… ¡Háblale de su padre, Encarna! Dile la verdad; que fui hombre honesto, pero también fácilmente influenciable, para mi desgracia. Él, Samuel Entrena, el causante de mi perdición, es el que debería estar aquí, en vez de huir cobardemente…», bramaba, fuera de sí.

La niña comenzó a llorar, asustada ante el barullo. Ignacio fue serenándose. El médico le tomó el pulso: su ritmo cardiaco era muy elevado. «¡Adiós, esposa! ¡Adiós, hija! —se despidió, abrazándoles por última vez— ¡Adiós a ustedes, padres; y a ti, hermana mía!», finalizó. La esposa se retiró sollozando, acompañada por el capellán. Todos los familiares fueron desfilando, compungidos, uno tras otro fuera de la capilla, con la incertidumbre de no saber si volverían a verles con vida[28].

48

El carpintero daba los últimos retoques a la obra. Los dos hombres permanecían junto a él, dándole instrucciones, en medio del patio de la cárcel. Gervasio Gabarre, dándose aires de importancia, había llevado la voz cantante durante el trabajo. Tres postes de madera de dos metros de altura, a una distancia no mayor de tres metros entre ellos, habían sido enterrados a no menos de cuarenta centímetros de profundidad en el duro suelo de tierra. Los maderos tenían quince centímetros de anchura por veinte, para que encajaran en ellos las medidas del garrote. «Ahora, hay que hacer un agujero de cinco centímetros aquí —le había dicho Gervasio al obrero, señalando con el dedo el lugar donde debía ir el orificio—, que pase de parte a parte. Es por donde tiene que correr el paso de rosca que lleva el garrote. Y a una altura de poco más de un metro, eso es muy importante»[29]. Como asiento, cualquier silla servía. Si era de madera, se fijaba al poste con un par de clavos, para evitar que los posibles movimientos del infortunado la desplazara. Y si era metálica, se amarraba al palo con una cuerda.

—¿Y si el agarrotado es muy alto, o demasiado pequeño? —preguntó el obrero.

—Una vez sentado, poca diferencia existe entre el hombre alto y el bajo —contestó Gervasio—. De todas formas, si el cuello le sobrepasa, le hago sacar el culo hacia afuera. Nunca se niegan, por la cuenta que les trae. ¡Usted ya me entiende! ¿No? —se sonrió— Y si el hombre es muy pequeño… entonces calzo el asiento con lo primero que tengo a mano; no hay problema.

—Yo llevo siempre una cuña para ese fin, aunque no suele hacer falta. En las prisiones siempre hay a mano un cojín o almohada con qué «calzar» al reo —dijo Expósito, interviniendo por primera vez.

Una vez finalizada la faena de carpintería, los dos verdugos montaron sus herramientas en los postes. Gervasio, al que le correspondían dos de los tres condenados, ocupó el primer poste, el más próximo a la puerta del patio, por donde sacarían a los reos. Expósito acopló su garrote al palo del medio. El último quedaba desnudo, a la espera de desprender al primer ejecutado.

El carpintero recogió sus cosas. Los dos verdugos hicieron lo propio con sus maletas de madera, que guardaron en un pequeño cuarto que les facilitó un funcionario, el mismo que les condujo instantes después por una puerta de servicio —que ya habían utilizado anteriormente, al acceder a la prisión— hasta la calle.

Eran las ocho de la tarde. A las cinco de la madrugada del día siguiente tenían que volver nuevamente, preparados para actuar.

49

Domingo, 20:30h.

El coche de punto paró frente a la lujosa casa del paseo de Sagasta. Miguel Belsué descendió de él, y tras despedir al cochero entró en su domicilio. Antes de articular palabra su esposa advirtió el rictus de contrariedad que cruzaba su cara. Acababa de regresar en el *rápido* de la tarde, desde Madrid, donde había mantenido reuniones con los principales cargos del Gobierno, en busca de la conmutación de la pena, pero sus esfuerzos habían resultado infructuosos hasta el momento. Primo de Rivera le expuso claramente la posición del Gobierno frente a los ataques anarquistas; mal que debían atajar como fuera. Tampoco el rey quiso enmendar la plana al Gobierno. Las posibilidades, pues, se antojaban escasas.

—Lamentablemente, no hay nada que hacer, Luisa —le dijo a la mujer—. Ni el rey, y mucho menos Primo de Rivera, están dispuestos a conceder el indulto. ¡Que Dios se apiade de esos pobres muchachos! ¡En fin! —dijo, con un gesto de resignación.

—¿Cenamos ya, Miguel?

—Apenas tengo apetito —respondió el alcalde—. Algo ligero, tal vez. Tengo que visitar a esos pobres muchachos. Darles ánimo. Es lo mínimo que debo hacer en estos momentos.

La sirvienta entró en la habitación:

—Tres caballeros preguntan por el señor. Dicen ser los abogados de los condenados; que es muy importante lo que tienen que decir. Les acompañan algunos parientes de las víctimas, creo…

El alcalde quedó pensativo durante unos instantes. Intentó imaginar de qué se trataba. «Ellos me sacarán de dudas», pensó.

—¡Esta bien! Condúcelos a la sala de invitados, y que tomen asiento, Jesusa. Enseguida estoy con ellos.

Cuando el alcalde entró en la sala, los recién llegados se incorporaron rápidamente. A Nasarre, Langarita y Márquez les acompañaban también Feliciano y las tres madres.

—¿Hay alguna novedad desde Madrid, don Miguel? —le preguntó Nasarre, tras los saludos de rigor, incapaz de disimular su ansiedad.

—Nos recomiendan que debemos esperar. —respondió, un tanto evasivo. Intentó reservar su pesimismo en presencia de las mujeres.

—¿Qué opina usted de la situación? —preguntó a su vez Langarita.

—Debemos tener esperanza —miró a la tres madres—, pero también estar preparados para lo peor…

—¡Pero!… ¡La madre del chiquillo nos ha firmado el perdón! ¿Tampoco sirve eso?... —dijo Miguela, apesadumbrada.

El alcalde pareció no comprender.

—Hemos hablado con la «mádere» de Serafín —le aclaró Márquez—. Se ha avenido a firmar una carta donde manifiesta su perdón. También pide el indulto para los «terés» hombres —y le ofreció el documento.

El alcalde leyó el papel en silencio.

—¡Esto podría ayudarnos! —dijo— Ha sido una gran idea. ¡Bien! Vuelvan a sus lugares, señoras, que esto queda en mis manos. Voy a cursar telegramas inmediatamente. Uno para el Gobierno y otro al rey. Y un tercero a la infanta Isabel. ¡Eso es! ¡La «chata» podría sernos de gran ayuda[30]!

—¡Dios le oiga, señor!— dijo Apolonia, a la que le costaba abrir la boca.

Ahora, si me disculpan…—abrazó una a una a las angustiadas madres— Debo poner esto en marcha, sin pérdida de tiempo. ¡Tengan fe!

50

Domingo, 20:45h.

El arzobispo Rigoberto Domingo entró en la capilla[31]. El padre Azpiazu se abalanzó precipitadamente a besar la mano del Reverendísimo Señor. Los cuatro representantes de la Hermandad hicieron lo propio. El jerarca eclesiástico se dirigió a los presos, que se hallaban juntos en el apartado de una de las esquinas. Ansaldo, sentado a los pies del camastro, escribía en un cuaderno, sin levantar la vista. Ignacio, ligeramente recostado, se incorporó al sentir la presencia del prelado. Emeterio, de pie, le miró expectante.

—Quiero deciros, hijos míos, que, ante todo, lamento profundamente la situación en la que os encontráis. ¡Tened esperanza; confiad en Dios Padre, que todo lo puede; en la Divina Providencia, que da destino a nuestra existencia. En último término, recordad que Jesús, que ofrendó su vida por nosotros, también tuvo momentos de flaqueza. Temió por su vida, de la misma manera que vosotros os lamentáis ahora… ¿Os habéis confesado, hijos?

—No, Reverendísimo Señor —intercedió el capellán. Se han negado en varias ocasiones.

—¿Tiene la Iglesia posibilidades de salvarnos el cuello? —preguntó Emeterio al arzobispo.

La pregunta iba cargada de acidez. El arzobispo la encajó sin pestañear:

—De la ley impuesta por los hombres se encargan los hombres, hijo. De las almas, la Iglesia. El cuerpo solamente es materia, y…

—Con el debido respeto, padre —le cortó Emeterio—, más nos importa a nosotros la materia en estos momentos que la salvación del alma.

—¡Compréndannos, por favor! ¡No nos mortifiquen más! Si Dios existe, ¿no ven que se ha olvidado de nosotros? —ahora fue Ignacio el que había respondido. Ansaldo continuó en lo suyo, impertérrito, sin hacer caso de nadie, como si aquello no fuera con él.

—*«Muchos son los llamados, y pocos los escogidos»*, dijo Jesús —replicó Azpiazu, piadosamente.

Los de la Hermandad escuchaban la conversación, sentados junto al juez, en silencio y con la vista baja.

—¿Te has dado cuenta de aquél que no cesa de escribir?... Ansaldo, creo que se llama —musitó uno de ellos a otro, cuidando mucho de que no se escuchasen sus palabras—. ¡Qué sangre fría! ¡Parece que no vaya con él la cosa!...

—¡Cierto! —susurró el otro—. ¡Qué tío! ¡No ha abierto la boca en toda la tarde! ¡Yo creo que nos desprecia!

—Lo peor todavía está por llegar —medió un tercero, el más veterano de ellos, entre dientes—. Más de uno he visto, en sus circunstancias, bravuconear, y a la hora de la verdad salir al cadalso medio desmayado y aullando de terror. ¡Si lo sabré yo!

Mientras, en la puerta de entrada se procedía al cambio de guardia, tras diez horas seguidas de plantón. El relevo se efectuó a las diez y dieciséis minutos de la noche. A esa misma hora regresaron a la capilla los tres defensores de los reclusos para hacerles compañía hasta el final, a la espera del anhelado indulto.

51

Domingo, 23:30h.

Miguel Belsué quiso visitar a los tres penados antes de retirarse a descansar, después de una jornada agotadora[32]. Si aquello iba en el sueldo, como solía decirse, en los últimos dos días se lo había ganado con creces. Acababa de cursar los tres telegramas en busca de la conmutación del castigo. No había probado bocado desde la hora de la comida, aunque, realmente, ni se acordaba de ese detalle. Ahora urgían otros menesteres.

La situación en la capilla era bastante tranquila. En su interior se encontró con trece personas, contando a los presos, lógicamente. La visita del arzobispo había durado hasta poco más de las diez, momento en que se despidió de los tres reclusos, quizás frustrado por la fría acogida que le dispensaron. El alcalde se encontró con unos hombres en buenas condiciones anímicas, dadas las circunstancias. Aquél era el primer contacto personal que mantenía con ellos. Saludó en primer lugar al juez instructor, al que conocía personalmente. Después, uno a uno, estrechó las manos de todos los demás. Se presentó a los reos, respetuosamente, dándoles cuenta de la situación:

—Debo decirles que la ciudad tiene activados todos los mecanismos posibles para la llegada del indulto. Precisamente hay una guardia permanente en las oficinas de telégrafos, dispuesta a actuar prontamente. Acabo de cursar hace menos de una hora tres telegramas: dos a la Casa Real, y otro para Primo de Rivera. Sé que es difícil pedir paciencia, pero el indulto ha de llegar. ¡Tengan fe!

—¿De verdad cree que puede llegar? —preguntó Emeterio, con un hálito de esperanza.

En aquel estado de ansiedad, los cambios de ánimo eran frecuentes.

—¡Sin duda! —dijo el alcalde con prontitud— ¡Ya verán como tengo razón! Todos los esfuerzos hechos por sus abogados —miró a los tres militares— y por sus familias no han de caer en saco roto. ¡No es momento de rendirse!

Demasiado sabía el alcalde que las posibilidades, conforme avanzaba la noche, eran cada vez más remotas.

—¡Tengo hambre! —dijo Ignacio, mientras paseaba nerviosamente por la habitación.

—¿Ahora?... —dijo el juez, con un gesto entre sorprendido y de mal disimulada contrariedad— Creí entender que renunciaban a la cena.

A los condenados a muerte se les ofrecía, en lo que era considerada como última voluntad, pedir lo que les apeteciera, dentro de las posibilidades del lugar donde se encontraban —el dispendio solía ser en la cena, puesto que casi todas las ejecuciones tenían lugar al amanecer—. En este caso, los tres reos habían renunciado a aquel derecho, aduciendo no tener apetito. Hasta el momento de ingresar en presidio su régimen alimenticio había sido el vegetariano, y de hábitos frugales además.

—Me ha entrado hambre de repente —contestó Ignacio, airado—. ¡Haga usted lo que le parezca!

—¡Esta bien! Voy a ver que se puede hacer… —dijo el juez, arrepentido de sus palabras.

No tardó más allá de diez minutos en volver. Un guardia le acompañaba, transportando una enorme bandeja surtida de dulces, frutos secos, una botella de anís y tres vasos.

—Es lo único que quedaba por las cocinas —se excusó.

Ignacio cogió la botella en sus manos, mientras su vista se detenía en la etiqueta.

—¡Va a ser la primera vez en mi vida, y quizás la última, que pruebe el anís! —dijo, con una melancólica sonrisa mientras desenroscaba el tapón.

El alcalde se despidió de ellos, no sin antes reiterar algunas frases de consuelo. Nada más salir de la capilla se adentró por el pasillo que daba a la puerta principal. A mano izquierda se alzaba un portón de doble hoja, entreabierto, que daba al patio. La curiosidad le obligó a asomar la cabeza: tan sólo había oscuridad. Entre la penumbra distinguió los funestos postes, erguidos, apuntando a las estrellas. Un escalofrío recorrió su cuerpo.

Dentro de la capilla, mientras tanto, los cuatro *Hermanos* habían encendido las velas del altar. Comandados por el padre Azpiazu comenzaron a rezar el rosario. Eran las doce menos diez minutos.

52

Lunes, 3:00h.

Ignacio acababa de echar hasta la primera papilla en un rincón de la habitación. Entre varios de los de la Hermandad le ayudaron a tumbarse en uno de los jergones. Apenas atendía, en medio del sopor, a las muestras de solicitud que le dispensaban:

—¡Pobre! Todo es por culpa del licor y las pastas —dijo uno de ellos—, que le ha pillado el estómago descuidado.

—Sobre todo por el anís —dijo Emeterio, sombrío, con la botella en la mano, que apenas contenía dos dedos de licor—. Mejor; así no se entera de nada. *«Debe ser siempre más fuerte el que lleva la carga que la carga en sí»*, dijo Séneca... Y esta carga ya empieza a pesarnos demasiado.

El padre Azpiazu comprendió que el joven estaba pasando por un momento comprometido. Le cogió una mano:

—¡Hijo! ¡Escúchame! Van pasando las horas y... si llega lo peor, debes acudir cristalino junto al Padre. ¡Déjame ayudarte a salvar tu alma!

Emeterio se derrumbó. Se arrodilló ante el capellán y lloró desconsoladamente.

—¡Qué será de mi pobre madre cuando yo desaparezca!— se lamentó entre dientes.

—¡Confiesa tus pecados, hijo! ¡Abre tu corazón!

—¡No sé cómo hacerlo! —gritó.

—Repite conmigo: «Ave maría Purísima...».

53

6:00h.

Comenzaron a llegar las distintas personalidades que debían hacer acto de presencia inexcusablemente, cuando todavía quedaba al menos una hora más de oscuridad. Los verdugos acababan de entrar al patio de la cárcel: ultimaban todos los detalles, para evitar que algo pudiera fallar. El alcalde, el director de la prisión, un ciudadano en representación del pueblo, como era preceptivo; el inspector Venancio Cárdenas —que había jurado no perderse la ejecución—, algunos reporteros de prensa, en representación de varios diarios. Un número importante de integrantes de la Hermandad de la Sangre de Cristo, compañeros de los que acompañaban a los reclusos en capilla, se encargaban de indicarle al chófer del furgón funerario en la delicada maniobra de entrar en marcha atrás dentro de la cárcel.

Aún no había amanecido y ya se arremolinaban en sus inmediaciones enjambres de moscones curioseando sin parar, a pesar de la fría mañana.

En capilla todo seguía igual. Ignacio tiritaba, no estaba muy claro si de frío o de miedo. O por ambos motivos a la vez. Hacía poco más de media hora que se había confesado. Ansaldo paseaba de lado a lado, absorto en sus pensamientos, fruncido el ceño. Emeterio permanecía sentado en uno de los bancos, junto a Ignacio. La capilla tenía un pequeño ventanuco, casi a la altura del techo, que daba a la calle. Uno de los *Hermanos* había observado que a los condenados se les iba la vista al ventano frecuentemente:

—¿Te has dado cuenta cómo miran a la ventana? —chismorreó el más veterano, en voz baja.

—Eso es porque temen que llegue la luz del día. Las tinieblas les protegen, en este caso, mientras que la claridad es su peor enemiga, pues traerá aparejada su muerte… —musitó otro, suavemente[33].

La noche se tornó ligeramente más clara, casi imperceptiblemente. El padre Azpiazu supo que el amanecer ya estaba próximo, y se acercó a Ansaldo. Sufría por él, por no poder salvar su alma. Debía intentarlo una vez más, antes de que fuera tarde.

—¡Hijo!, no deseo interrumpir tus pensamientos, pero…

sabes bien que, excepto un milagro, ya queda poco. ¡Arroja tus prejuicios! Si deseas confesarte, no dejes pasar este momento. ¡Te lo ruego!

Ansaldo levantó la mirada del suelo. Unas lágrimas corrían por sus mejillas. A punto de asomar el alba se confesó.

54

7:10h.

Unos minutos después de la hora convenida, el juez les volvió a leer la sentencia. Emeterio era el primero. Dos guardias le ataron con presas de cuero las manos, por delante del cuerpo. Emeterio avanzó en primer lugar. A su derecha, el capellán, y a la izquierda, con la mano sobre su hombro, su defensor. Tras ellos, en comitiva, los cuatro de la Hermandad. Los dos guardias cerraban el grupo. Cruzaron el pasillo que llevaba al patio. Al traspasar el portón, la claridad del recién nacido día le cegó. La visión de los tres patíbulos, con los ejecutores detrás de dos de ellos le aterrorizó. Se detuvo un momento, negándose a continuar.

—¡Valor, Emeterio! Le dijo el cura, apretándole el brazo. ¡Ánimo!

Cuatro soldados hacían guardia, formando un rectángulo alrededor de los tres maderos. En medio de los verdugos se había situado el médico.

Antes de darse cuenta estuvo sentado en el primer patíbulo. Gervasio Gabarre rodeó su cuerpo con una cincha de cuero, anudándola por detrás del poste. Luego le pasó otra más corta por encima de los tobillos. Con movimientos expertos encajó el reluciente corbatín alrededor del cuello, que cerró con un pasador que colgaba de una cadenita. El capellán le apoyó una mano en el hombro. Frente a él se concentraban todos los que asistían a la ejecución. Pudo ver el rostro de Venancio cárdenas en primera fila, con una mueca de satisfacción pintada en su rostro. El verdugo le cubrió la cara con la verónica, pañuelo negro que se usaba para evitar que el agarrotado mostrara a través del rictus de su cara el sufrimiento, desagradable para el público. «¡Venga, tranquilo, que acabamos enseguida!, le dijo el ejecutor, con buena intención.

—¿Tiene algo que añadir? —le inquirió el juez, como de costumbre.

—¡Sí! ¡Soy inocente!, dijo con un alarido. Calló unos instantes, que se hicieron interminables, y luego declamó:

—«*¿Dónde está, oh muerte, tu victoria*[34]*?*».

Gervasio Gabarre dio una vuelta completa a la manivela con un rápido movimiento, como si manejara el volante de un vehículo. Acto seguido accionó el freno de trinquete, para evitar que la manija, por efecto de la resistencia del cuello, volviera hacia atrás de nuevo.

Sonó un chasquido de huesos y la cabeza de Emeterio se inclinó hacia delante, bruscamente. Un ronco sonido gutural salió de la garganta del reo. A consecuencia del bamboleo de la cabeza el pañuelo se desprendió, y su rostro abotargado quedó a la vista de todo el mundo. El cuello se hallaba reducido a la mínima expresión. El padre Azpiazu alcanzó presto el pañuelo y volvió a cubrir la cabeza del reo. El médico le palpaba por debajo de la oreja, en busca de latidos. Después de dos largos minutos hizo un gesto afirmativo con su cabeza, determinando con ello la muerte de Emeterio, que se produjo a las siete y veinticuatro minutos. El verdugo de Burgos soltó el corbatín del cuello del agarrotado para montarlo sobre el tercer patíbulo. La cabeza del muerto quedó inclinada hacia un lado, desarticulada por completo. Con una sábana blanca cubrieron cadáver y poste, de tal guisa que el macabro bulto tomó forma de pirámide.

55

A las siete y media sacaron a Ignacio. No había dejado de tiritar en todo momento, por lo que le habían procurado una gastada prenda de abrigo del ejército. La misma procesión: Ignacio en medio de Luis Langarita y del capellán, y por detrás, la Hermandad, seguida de los dos guardias. A causa de la destemplanza en su organismo, Ignacio se había abotonado el cuello del gabán hasta arriba. Cuando lo condujeron dentro del patio, la visión del cuerpo de su compañero bajo la tela le produjo una gran impresión. Se acercó gimoteando hasta el madero del centro, tras el cual esperaba Mauricio Expósito, su verdugo. Le ayudaron a sentarse. Expósito le amarró los pies y luego el cuerpo al palo. Después procedió a colocar la argolla en el cuello. Los movimientos del ejecutor eran inseguros, nerviosos. La cadena del pasador tintineó a causa del mal pulso de Expósito. Ignacio no cesaba de gemir, con sus pequeños ojos muy abiertos. El juez volvió a la pregunta de rigor. Ignacio acertó a decir:

—Tengo una foto ahí, en el bolsillo del abrigo… Es de mi hija. ¡Si me la pueden alcanzar!…

El padre Azpiazu sacó la foto y se la acercó al rostro.

—¡Adiós, vida mía! —dijo, mientras la besaba repetidas veces— Hágasela llegar a mi mujer, padre. ¡Y dígale que la amo! —exclamó.

—Así será, hijo mío. Y ahora, ¡por el amor de Dios!, repite conmigo está oración, que te hará bien… Padre nuestro… que estás en el cielo…

—Santificado… sea t-tu nombre… —continuó Ignacio— ¡Vengg…!

El verdugo de Madrid le había dado vuelta a la manivela, mientras la sujetaba fuertemente, pues su garrote era de los que carecían de freno de trinquete. Un griterío ensordecedor salió de las gargantas de la gente. El cuerpo de Ignacio se movía adelante y atrás, a pesar de las ataduras, con enormes embestidas, moviendo el poste de su base mientras de su garganta salían gruñidos que ponían los pelos de punta. El otro verdugo se dio cuenta de lo que ocurría: Expósito había pasado por error el corbatín por encima del grueso cuello del abrigo[35], que amortiguaba la presión que el mecanismo debía ejercer sobre el cuello desnudo. Así, lo que hacía era asfixiar lentamente al pobre infeliz. Las convulsiones del agarrotado eran tales que estremecían al numeroso público. Los poderosos músculos del cuello de Ignacio resistían firmes la presión de la argolla. Ya no había marcha atrás. La única solución era seguir apretando hasta el final. Gervasio Gabarre salió en ayuda de su colega, que no sabía cómo acabar con aquello: se colgó de uno de los extremos de la manivela, mientras le recriminaba su incompetencia.

—¡No sirves sino para matarme a disgustos! ¡Aprieta con fuerza, hombre!

Expósito gemía, desesperado. El médico le tomaba el pulso al moribundo. Los estremecimientos seguían siendo ostensibles. Los dos verdugos, literalmente colgados de la manija, estaban agotados por el esfuerzo. Poco a poco, los estertores se fueron espaciando más y más. Por fin, después de casi diez minutos interminables de agonía, el médico determinaba la muerte. Se cubrió el cuerpo de la misma manera que se hizo con el primer ejecutado. Eran las ocho menos cinco minutos.

56

Llegó el momento de Ansaldo. Se volvió a repetir el protocolo: flanqueado por Nasarre y por el capellán, y cerrando el grupo, los voluntarios de la institución religiosa. En el patio ya eran dos los cuerpos cubiertos con sábanas que se asemejaban a dos inmaculadas tiendas de campaña. Ansaldo entró sereno, sin rehuir miradas. En un momento estuvo sentado, pegado al palo. Actuaba el ejecutor de Burgos. A su lado se situaron el médico y el padre Azpiazu. El cura sentía un no sé qué especial por Ansaldo, a pesar de que su relación había sido más superficial que con los otros dos. Cuanto más observaba el carácter y los modos de conducirse de Ansaldo frente a su destino, más se le representaba en la mente la imagen de Jesucristo ante la cruz. «¡Qué tonterías se me pasan por la cabeza!», pensó, enfadado consigo mismo.

—¡No tengas temor, hijo! —trató de animarle.

—Pierda cuidado, padre; pues soy anarquista, y maño, por si eso fuera poco —exclamó, orgulloso[36].

—¿Deseas algo, antes de seguir? —le preguntó el juez.

—Quisiera dirigir algunas palabras al público —pidió.

—¡Puedes empezar! —concedió el juez.

—En primer lugar, deciros que somos inocentes de la muerte del muchacho, como bien saben algunos de los que hoy están aquí. Se ha montado una farsa con el fin de escarmentar al elemento que el Estado más teme, hoy por hoy: el anarquismo.

Todos aquellos que ven nuestro movimiento como una utopía, lo creen así porque parten de una premisa falsa: piensan que el hombre es malo por naturaleza. No se dan cuenta de que es justo lo contrario: se pervierte el ser humano desde el contacto con gobiernos corruptos. Y con las religiones.

No cuestiono las creencias religiosas, pero sí sus imposiciones morales e intelectuales. Los hombres debemos tener la libertad de decidir cuantas ideas morales tengamos por conveniente, sacudiéndonos de encima la obligatoriedad de acatar la «verdad única» que el clero trata de imponernos.

Hace escasamente una hora, yo, enemigo acérrimo de la religión, he tomado confesión. «Se confesó con recogimiento», publicarán mañana los diarios. «Pues, ¿no era ateo?», dirán algunos; «¡Es la prueba evidente de que hay Dios!», afirmarán los más. ¿Sabéis por qué lo hice? Porque tuve miedo. Miedo a morir... A abandonar la vida con sólo veintitrés años. Miedo a dejar a mi pobre familia llena de dolor. A llenar de amargura e infelicidad los postreros años de existencia de mis mayores...

Tuve miedo: lo confieso. Afloraron en mí los rescoldos de esa oscura religión, impuesta a los pueblos desde tiempos inmemoriales, y que va dejando un poso oscuro y amargo en el alma de cada ser, generación tras generación. Contra ese poso, oscuro y amargo, luchamos denodadamente unos pocos, pero el enemigo es un gigante, y nosotros sólo disponemos de una honda y unos pocos guijarros para defendernos.

Todos somos responsables de las injusticias del mundo —algunos más que otros—. No sirve mirar para otro lado. El opresor no existiría sin sicarios dispuestos a ejecutar sus órdenes. Mi vida tampoco peligraría si el verdugo que va a agarrotarme dentro de un momento no se prestase a ello. Lo cómodo es argumentar: «Si no lo hago yo, otro lo hará». ¡Preguntadle por qué lo hace! Sin dudarlo contestará: «Yo solamente cumplo las ordenes impuestas por la ley. ¡Id y preguntadles a los jueces!»; y parecida será la respuesta que os dará el obrero que malvive hacinado, pero que no hace nada por evitarlo mientras el patrón se enriquece a costa de su esclavitud.

A mis hermanos, a todos: salid a la calle con orgullo y con la frente alta. A mis padres: perdonadme por robaros una vejez tranquila. Al dictador le digo: rápida fue tu usurpación al poder; cercano está también tu ocaso. «A la sociedad en general, le pido que tome nota, pues mientras prodigue sus aplausos a sus destructores con mayor facilidad que a sus benefactores, la sed de gloria militar será siempre el vicio de los caracteres más exaltados[37]».

Quizás nuestras muertes no caigan en el olvido, después de todo. Tal vez haya alguien que, con el correr del tiempo, nos rehabilite ante la historia.

Hubo un momento de silencio. Después, se dirigió al verdugo:

—Estoy preparado... —musitó.

El verdugo fue a cubrirle la cabeza, pero él se negó.

Gervasio le ajustó el corbatín. Volvió detrás del poste y giró muy despacio la manivela, hasta aproximar suavemente las dos piezas metálicas contra su cuello.

El padre Azpiazu fue incapaz de contener su emoción. Las lágrimas corrían por su rostro. Imploró arrodillado, con la vista puesta en el cielo:

—¡Hemos acabado con dos hombres inocentes, Padre Misericordioso! ¡No dejes que ocurra lo mismo con un tercero!

—¡Adiós a todos los compañeros! —gritó Ansaldo— ¡Adiós, Zaragg…!

Gervasio había dado la vuelta a la manivela. El corbatín corrió hacia atrás, mientras el émbolo empujaba la nuca violentamente. Los huesos del cuello crujieron al ser triturados. La cabeza osciló bruscamente. La sangre acumulada en ella, taponada por el súbito estrechamiento del cuello tiñó al instante de un intenso grana el rostro de Ansaldo. El médico le tomó el pulso. Apenas transcurrido un minuto anunció su muerte. Al margen de la natural congestión no presentaba rasgos desagradables. «Ha sido un trabajo limpio», presumiría Gervasio minutos después, orgulloso.

Las campanas de la iglesia de San Pablo anunciaron las ocho y media de la mañana en ese mismo momento.

57

A pesar de la fría mañana, la muchedumbre se agolpaba en torno a la puerta principal de la cárcel. En un radio de cien metros no cabía ni un alma. La bandera negra flameaba sombría sobre el portalón de la cárcel, anunciando desde hacía más de una hora que la fatal sentencia se había cumplido. Los comentarios circulaban de boca en boca. Gran cantidad de pilluelos, muchachos de no más de doce o trece años, iban de un lado para otro, escuchando con atención las conversaciones de los mayores, con la gorra en la mano, en señal de duelo —a imitación de los adultos—, y con los ojos brillantes y abiertos de par en par, excitados por la emoción. Se produjeron entre el público reacciones espontáneas, alguna tan conmovedora como la de recaudar fondos para las desgraciadas familias. A las diez menos cuarto se abrió el portón principal. Una gran cantidad de personas comenzaron a salir en procesión. En primera fila iban numerosos Hermanos de la Sangre de Cristo, con sus abrigos oscuros y portando largos cirios en sus manos. Acompañaban a una gran imagen de Jesús crucificado. A continuación iban las más altas autoridades de la ciudad, precediendo al furgón funerario con los tres cuerpos. Los reporteros no daban descanso a sus cámaras fotográficas. El cortejo fúnebre tomó la empedrada calle, cortada al tráfico, en dirección opuesta a la plaza del Mercado. La multitud le siguió como reguero de hormigas, en silencio, emulando un paso de la Semana Santa. A la altura de la calle del Postigo del Ebro doblaron a la izquierda, embocando la de Aguadores, hasta su término en San Blas. Desde allí arribaron hasta la plaza de San Pablo, desde donde accedieron al interior de la parroquia por la puerta lateral del Fosal, que sólo se abría para que entraran por ella a los que morían ajusticiados. Las inmediaciones de la iglesia se hallaban abarrotadas con las almas de los que, por falta de espacio, no pudieron hacerse con un sitio en el templo. Exequias por gente principal se habían celebrado en otros tiempos que no despertaron tanto interés entre el pueblo llano.

A las once de la mañana se ofició ante el retablo mayor la misa por el eterno descanso de las almas de los tres desventurados. Acto seguido, los cuerpos fueron trasladados hasta el cementerio de Torrero, donde recibieron sepultura.

58

EL CORREO DE ARAGÓN
Edición especial del día.
Lunes, 14 de noviembre.

Se ha cumplido la sentencia contra los tres reos.

14, (14 horas). —El pasado viernes se recibió en la Capitanía General de esta región la sentencia del tribunal Supremo de Guerra y Marina, cuyo fallo condenaba a muerte a los reos Emeterio Molina, Ansaldo Bernad e Ignacio Páez, por el delito de atraco a mano armada al cobrador de la fábrica de regaliz, y en el que resultó muerto el niño Serafín Movilla.

Inmediatamente se dieron las órdenes por esta Capitanía para la eje-

cución del fallo.

Ayer domingo, por la mañana, el juez instructor y los defensores, don Publio Márquez y D. Mariano Nasarre, se dirigieron a la prisión de la calle Predicadores, donde se les leyó la sentencia a los reos, los cuales seguidamente entraron en capilla.

Los reos fueron durante la tarde visitadísimos por sus familiares y parientes más próximos.

Les acompañaban un sacerdote, buen número de hermanos de la Caridad de la Cofradía la Sangre de Cristo (?), el médico del establecimiento, el juez instructor y los defensores.

El arzobispo, doctor Domingo, visitó a los reos a última hora de la tarde.

Durante el día no cesaron las gestiones solicitando el indulto.

El alcalde, D. Manuel Belsué, llegó en el rápido, procedente de Madrid, donde se interesó cerca del Gobierno para conseguir el perdón (...).

Apenas llegó a su domicilio le visitaron los parientes más próximos de los reos, notificándole que habían conseguido de la madre del niño Serafín Movilla, víctima del atentado, el perdón para los condenados.

El alcalde visitó, a las once y media, a los reos, prodigándoles frases de consuelo.

A las doce menos cuarto, en la capilla, se rezó el santo rosario para implorar el perdón[38].

Detalles de la ejecución.

Durante toda la madrugada, Molina y Páez, los reos condenados por el Supremo de Guerra y Marina, fueron acompañados por sus defensores y los hermanos de la Paz y Caridad (!). Confesaron y comulgaron con verdadera unción en la primera misa celebrada en la capilla de la cárcel.

Bernad se confesó poco antes de despuntar el alba.

A las siete y cuarto de la mañana, en el patio de la cárcel, se procedió a la ejecución de los tres desgraciados. Primeramente el verdugo llevó a cabo la fatal sentencia contra Emeterio Molina; media hora después fue ejecutado Ignacio Páez, y con igual intervalo se privó de la vida a Ansaldo Bernad. Miembros de la Real Hermandad de la Sangre de Cristo se hicieron cargo de los cadáveres de los reos, acompañándolos procesionalmente hasta la iglesia parroquial de San Pablo, donde se rezó un responso, y desde aquí fueron conducidos al cementerio.

En la fachada principal de la cárcel ondea la bandera negra.
En toda la ciudad la noticia de la ejecución ha producido viva impresión[39].

Nota oficiosa.

En las primeras horas del día de hoy se ha cumplido el inexorable fallo que la Justicia dictó como sanción al delito gravísimo de atraco a mano armada, produciendo muerte. La sociedad exige para su defensa colectiva estas terribles ejemplaridades, a que, afortunadamente, no había sido preciso acudir hace mucho tiempo. El Gobierno quiere, como en todos los momentos graves de la vida del pueblo —y lo es sin duda siempre el de la aplicación de la pena capital—, comunicarse directamente con él, exhortándole en todas sus clases, altas y bajas, a meditar en tan solemnes momentos sobre el extremo a que pueden conducir los vicios, las pasiones y el descreimiento en la Providencia Divina, llevando el luto a una noble ciudad e inconsolable pena a las familias de los ajusticiados.

Sería bien doloroso que la tragedia no significara más que un episodio en la vida social, sin derivar de ello enseñanzas que prevengan en lo posible su repetición. Así, pues, por la presente nota oficiosa se confiere el encargo a todos los instructores de hombres y niños de tratar ante ellos este asunto con toda la elevación de conceptos que el caso requiere, enterándolos de las razones por la que el Gobierno no ha podido recoger en esta ocasión ni la inclinación del ánimo del Rey, siempre dispuesto a la indulgencia, ni las peticiones de perdón formuladas por autoridades, entidades y representaciones sociales, que por no pesar sobre ellas la grave responsabilidad de dar cumplimiento a las leyes son libres para ejercer el noble derecho de pedir clemencia.

Madrid, 14 de noviembre de 1927[40].

59

—¡Maldito día! —mascullló el anciano, mientras se alejaba. La mujer le alcanzó, poniéndose a su altura. Se había mantenido en un discreto segundo plano, convenientemente alejada del marido, de manera que si alguien hubiera observado la escena probablemente no habría advertido su presencia. Era pequeña, y muy morena. Algunas negrísimas hebras de su cabello resistían tercas ante el ejército de canas que las sitiaban por todas partes. Le cogió de un brazo, tratando de sosegar al hombre.

Él sacó del bolsillo un pedazo de papel doblado en cuatro partes, donde iban anotadas las ubicaciones de las tumbas que el conserje del cementerio le había proporcionado. En primer lugar habían visitado la de Ignacio, algo alejada de las otras dos. Después la de Ansaldo, que era la que dejaban atrás en esos momentos. Tardaron algo más de tiempo en dar con la losa bajo la cual reposaba Emeterio. La tumba era de las de suelo. Se movieron entre las sepulturas con tiento, pues había poco espacio entre ellas, y en el arenoso suelo se había formado barro por la reciente lluvia. Aquel cuadro de tumbas era de los más antiguos del camposanto, y zona poco frecuentada. Muchas cruces aparecían torcidas o inclinadas; incluso algunas se hallaban desprendidas.

Dieron con la sepultura. A Samuel le volvió el nudo a la garganta. Una gran cruz de piedra resistía victoriosa el paso de los años. En el cuerpo de la piedra se hallaban incrustadas dos placas de latón, grabadas. La de Emeterio, más grande, en mitad de los brazos de la cruz. Debajo de ella, la otra, más pequeña, y añadida posteriormente: era la de la madre, Marina Diego. Samuel concentró su mirada en la que hacía referencia a Emeterio. La inscripción decía:

«Aquí yace Emeterio Molina Diego, a quien privaron de la vida en la primavera de su existencia».
«Tu madre no te olvida».
«Descanse en paz».

Otra leyenda, más escueta, escrita en latín, resaltaba más abajo:

«Aliis coluit non sibi[41]*».*

—*«Cultivó para los otros, y no para él»,* leyó la mujer en voz alta, con un dulce deje hispano.

—Muy propio de Emeterio, Melba —le dijo a su esposa, con una triste sonrisa—. Siempre con una cita en los labios. Así era él —le aclaró a la mujer.

Permanecieron frente a la sepultura, ella cogida de su brazo, durante un tiempo. Samuel pasó su mano por la placa y deslizó los dedos sobre ella, en señal de despedida. Después, le dijo a la mujer:

—Cuando quieras, querida…

Dieron la espalda a la tumba, pisando con cuidado, y se alejaron del lugar.

«El Gancho», julio de 2013.

INTERÉS BIBLIOGRÁFICO / ACLARACIONES

Para la composición de este libro he recurrido a diversas fuentes. Para la construcción de algunos de los personajes —los verdugos, en concreto—, ha sido de gran ayuda para mí recurrir a parte de la obra del desaparecido Daniel Sueiro.

Especialmente en *Los verdugos españoles* (Alfaguara, 1971, 1ª edición), completísimo tratado sobre la historia del garrote vil, los verdugos y sus víctimas, he buceado afanosamente en busca de los perfiles necesarios de condenados y ejecutores, que tan magistralmente supo narrar el autor a partir de sus entrevistas a los últimos «ejecutores de sentencias». Para dotar a los verdugos de cierto rigor histórico, me he permitido la licencia de, utilizando la paráfrasis en determinados casos, incorporar a algunos personajes ficticios de mi novela procederes que entroncan con algunos de los personajes reales que el autor maneja en su obra —y que detallo en el anexo—, aunque convenientemente alejado de la transcripción, pues antes quisiera yo verme asaeteado por enjambre de abejas que acusado del infame delito de plagio.

Otras fuentes consultadas para la composición de la novela se refieren casi exclusivamente a la prensa escrita de la época, recopilación optenida integramente vía internet (hemeroteca de la biblioteca Nacional de España). Merecen mención especial los diarios consultados: *ABC, Heraldo de Madrid, La Vanguardia, La Libertad, El Imparcial,* la revista *El Mundo Gráfico,* etc.

Cabe aclarar que los nombres de los diarios que actúan como colofón en determinados pasajes de la novela son ficticios, del mismo modo que los nombres de las personas, imaginarios a todas luces, si bien he querido respetar al máximo el cuerpo de la noticia; ceñirme a su verdad, de forma que encajen crónica y relato.

La historia existió; eso es indiscutible. Algunos datos se ajustan a la realidad de los hechos. El atraco se produjo de forma similar, según las crónicas de la época. La condena es real; también la ejecución de los tres jóvenes. Ahí acaban todas las similitudes con lo verdadero, dando paso a la inventiva. En cuanto a los protagonistas del drama, resaltar que todo lo concerniente a diálogos, perfiles psicológicos, filias, fobias, aspecto físico, y sobre todo lo demás, sus nombres y los de sus familiares, pertenecen en su totalidad a los desvaríos del autor, excepción hecha de las paráfrasis referidas anteriormente..

El proceder de al menos uno de los condenados en sus últimos momentos pudo producirse de forma similar al del personaje de la narración, pues de parecida manera me fue transmitido, treinta y cinco años atrás, por su familia. Si su actitud gallarda y despojada de miedos frente al cadalso puede antojársele al amable lector cargada de histrionismo o fuera de toda lógica, no estaría de más recordarle que, como en tantas ocasiones, la realidad a veces supera a la ficción.

En lo concerniente al cuarto hombre, esto es, a Samuel Entrena, jamás supe qué fue de él. Lo único seguro es que huyó, esquivando el cadalso. Cualquier cosa pudo sucederle, dada su condición de anarquista. Pudo caer en combate en la postrera Guerra Civil, o terminar sus días luchando contra el fascismo en el París tomado por Hitler, años después. O finalizar su existencia, rodeado de nietos, en las postrimerías del siglo. ¡Quién sabe!

Quise yo expatriarlo a Méjico, en un intento desesperado por salvar su vida. Lo conseguí, después de todo; por algo es mi novela. Hoy tendría Samuel ciento ocho años, más o menos; demasiados, casi con total seguridad, como para esperar que pudiera contarnos de viva voz qué ocurrió...

En último término, no debe olvidarse, caro lector, que la novela que en estos momentos muere en sus manos —y ya es mérito si ha conseguido llegar hasta aquí—, no es más que eso: una ficción.

A imitación de nuestro eximio Cervantes, diré lo que él escribió a modo de rúbrica en la primera parte del *Quijote* (y que tan del agrado sería del agarrotado Emeterio Molina):

«Forsi altro canterá con miglior plectio[42]*».*
«Quizá otro cantará con mejor pluma».

ANEXO

1. *(Págs. 45-46)*. HERALDO DE ARAGÓN: 110 años de información. *año 1927.*
2. *(Pág. 47). «Oasis», a partir de 1942.*
3. *(Pág. 49). En la actualidad, teatro del Mercado.*
4. *(Pág. 72-73).* ABC, *9 de agosto de 1927. Reconstrucción de noticia.*
5. *(Pág. 123). Alegato del fiscal. reconstrucción libre del autor.* ABC, *19 de octubre de 1927.*
6. *(Pág. 136-137). Extractos refundidos de* ABC *y* LA VANGUARDIA, *19 de octubre de 1927.*
7. *(Pág. 138). Datos sobre la condena extraídos de* HERALDO DE MADRID, *21 de noviembre de 1927;* ABC *y* EL IMPARCIAL, *22 de noviembre de 1927.*
8, 9 y 10. *(Págs. 142-143 y 144). Reconstrucción libre del autor, según noticia publicada en* EL IMPARCIAL, *22 de noviembre de 1927, pág. 4.*
11. *(Pág. 144-145). Reconstrucción libre del autor.* HERALDO DE MADRID, *21 de noviembre de 1927.*
12. *(Págs 145 y 146). Extracto de texto.* LA VANGUARDIA, *22 de noviembre de 1927, pág. 26.*
13. *(Pág. 152 y 153). Reconstrucción libre del autor.* HERALDO DE MADRID, *26 de noviembre de 1927, pág. 1.*
14. *(Págs 153 y 154). Paráfrasis.* HERALDO DE MADRID, *28 de noviembre de 1927, pág. 1.*
15. *(Pág. 154). Extracto. Texto reconstruido.* ABC, *29 de noviembre de 1927, pág. 31.*
16. *(Pág. 154 y 155). Extracto.Texto reconstruido* HERALDO DE MADRID, *26 de noviembre de 1927, pág. 1.*
17. *(Pág. 158). Reconstrucción de citación para el ejecutor de sentencias.* Daniel Sueiro, Los verdugos españoles, Alfaguara, 1971, 1ª edición. *Pág. 497.*
18. *(Pág. 159). Paráfrasis.* Los verdugos españoles, *pág. 86-87.*
19. *(Pág. 159). Paráfrasis.* Los verdugos españoles, *pág. 850.*
20. *(Pág. 159-160). Paráfrasis.* Los verdugos españoles, *pág. 851.*

21. *(Pág. 160). Paráfrasis.* Los verdugos españoles, *págs 86 y 87.*
22. *(Págs 160 y 161). Paráfrasis.* Los verdugos españoles, *pág. 86.*
23. *(Pág. 161). Paráfrasis.* Los verdugos españoles, *pág. 807.*
24. *(Pág. 162-163).* Los verdugos españoles, pág. 78.
25. *(Pág. 165). Paráfrasis.* Los verdugos españoles, *págs 90 y 91.*
26. *(Pág. 166).* Los verdugos españoles, *pág. 93.*
27. *(Pág. 170).* Publio Siro *(85-43 a.C.). Cita.*
28. *(Pág. 172-173). Reconstrucción.* Los verdugos españoles, *pág. 855.*
29. *(Pág. 173). Reconstrucción. Los verdugos españoles, pág. 87.*
30. *(Pág. 176). Reconstruccion libre del autor.* ABC, *29 de noviembre de 1927, pág. 31.*
31. *(Pág. 177). Reconstrucción libre del autor.* ABC, *29 de noviembre de 1927, pág. 31.*
32. *(Pág. 179). Reconstrucción libre del autor.* ABC, *29 de noviembre de 1927, pág. 31.*
33. *(Pág. 183). Reconstrucción libre.* Los verdugos españoles, *pág. 848.*
34. *(Pág. 185).Corintios, 15.*
35. *(Pág. 187). Reconstrucción libre.* Los verdugos españoles, *pág. 856.*
36. *(Pág. 188). Paráfrasis.* Los verdugos españoles, *pág. 787.*
37. *(Pág. 190).* Edward Gibbons. *(1737-1794). Historiador británico.*
38, 39 y 40. *(Págs. 192, 193 y 194).* HERALDO DE MADRID, *28 de noviembre de 1927, edición de la noche, pág. 1.*
41. *(Pág. 196).* Marco Tulio Cicerón *(106-43 a.C.). Cita.*
42. *(Pág. 199). Verso del* Orlando furioso*, de* Ariosto*,* XXX, estrofa 16, *deformado por* Cervantes.

www.ingramcontent.com/pod-product-compliance
Ingram Content Group UK Ltd.
Pitfield, Milton Keynes, MK11 3LW, UK
UKHW021652190726
13853UKWH00001B/217